KETCHUP
ケチャップ

AKIRA

晶文社

装画・表紙イラスト
AKIRA

ケチャップ　目次

TOMATO

第1章 独立記念日

Independence Day

開封後は、なるべく早くお召しあがりください

1

「どうか神の愛をお恵みください」

地下鉄で物乞いをするあたしのまえに、闇のように澄んだ瞳が立ちふさがった。

「あっはっは、ほんとに神の愛とやらが欲しいのかい」

絵の具まみれの皮パンをはいた東洋人が天真爛漫に笑う。二重まぶたが涙腺で重なり合う、真夜中の虹みたいだ。

「ええ、切符代《トークン》をちょうだい」

あたしが差し出した手が抗《あらが》えない力で引っ張られる。あいつは改札のレバーを手前に引いて体をすべりこませる。わっ、あたしまでただ乗りの共犯者じゃない。

「天国への片道切符《ワンウェイチケット》だ」

すべりこんでくる列車の連結部分から、あいつは森の哲人《オランウータン》のごとく屋根に登っていく。

「まっ、待ってよ」

あたしは黒い潤滑油に足をすべらしながらも、「コ」の字型の把手に2歩目をかける。

あいつが腹這いになって手を伸ばし、痩せた体からは想像もつかない力であたしを引きずりあげた。

「女王様に最高の席を用意したぜ」

見おろしたホームが別世界に映る。「明るい牢獄」、そんな印象だった。警官はいないが、改札を出た黒人のおばさんが真珠みたいな歯を剥き出して笑っている。

「席っつったってあんた、屋根じゃない。うわっ走り出した！」

もうわけがわかんないあたしは爆走する鉄馬車にまたがる。

ガッガガ　ガガンガ　ガガンガ　ガゴン。

「おまえ、死ぬのが怖いか」

耳をつんざく轟音のなか、あいつの声が響く。

「ふん、ぜんぜん怖くないよう」

せいいっぱい強がってあたしは叫んだ。

「じゃあ、なにが怖いんだ」

内臓を抉《えぐ》り取られるような重低音とともに飛びすさる闇、闇、闇。

「……孤独よ」

キューバン・パーカッションのような脈動が眠っていた細胞を揺すぶり起こす。

ガッガガ　ガガンガ　ガガンガ　ガゴン。

「通風器のあいだに入りこむんだ」

あいつはスパイダーマンのごとくするすると楕円の屋根を這っていく。

「あんたはなにが怖いのよ」

カーブの遠心力で体が斜めにずれていく。

態勢を立て直そうと中腰になったとたん、あいつが叫んだ。

「伏せろ！」

張り出した信号機が頭上をかすめる。

間一髪だった。

ガッガガ　ガガンガ　ガガンガ　ガゴン。

ニューヨークの地下鉄には架線もパンタグラフもなく、線路の横に走る1本のレールから電力を汲みあげる。地震がないせいか、掘った半地下にふたをかぶせただけの「カット・アンド・カバー」といういいかげんな工法で、1、2、3などの古い路線は弾んだときに屋根をこすることさえある。選ぶのは、B、F、N、Rトレイン。都市圏交通公社《MTA》やニューヨーク市警《NYPD》も、向こう見ずなサブウェイ・サーファーを取り締まることはできない。「死にたいやつはどうぞご自由に」というのだろう。キセル乗車なんていうケチな実益じゃなく、脳内麻薬を全開にする命がけのトリップだった。

ガッガガ　ガガンガ　ガガンガ　ガゴン。

「オレが怖いのは……」

あたしは400トンもある巨大な男根を抱きしめる。アドレナリンの嵐が全身を駆けめぐり、想像もできないエクスタシーに放りこまれる。

ガッガガ　ガガンガ　ガガンガ　ガゴン。

「幸福だ」

ひだ飾り《フリンジ》の入ったレーヨンドレスが白旗のようにたなびき、ブロンドのかつら《ウィッグ》が風にもがれ、後方へ飛びすさる。

「ええーっ？」

きっとあたしの聞きちがいだ。幸福を恐れる人間なんてこの世にいるわけない。

ガッガガ　ガガンガ　ガガンガ　ガゴン。

「オレが怖いのは、あたりまえの幸福なんだーー」

突然、巨大な光に包まれた。

Bトレインがマンハッタンの地下牢を抜け、イーストリバーを横断する。

失われた視力が回復し、鉄柱や横を走る車を透かして、川面がトパーズイエローに煌めく。目の前には風にたなびく皮パンがイーグルのように翼を広げていた。

この男とならどんな冒険でもできる。

ガッガガ　ガガンガ　ガガンガ　ガゴン。

暗い産道から生まれ落ちた新生児のごとく咆哮した。

「あたし、生きてる！」

2

痛烈な回し蹴りに眼球がひしゃげた。

アキラの背中が鉄柱に激突し、工事用の足場をぶうんと震撼させる。蝶形のネジが背骨にめりこみ、弾かれた側頭部に掌底が飛んでくる。危うく耳ははずしたものの、鼓膜を破られるとバランス感覚を失う。

ちっ、こいつはケンカのプロだ。

キザっちい口ひげを生やし、シカゴ・ブルズのタンクトップから突き出た筋肉質の肩には髑髏と薔薇のタトゥー……プエルトリコ人の用心棒だろう。アキラはだらりと腕を下げ、相手が息を吸う刹那、ふいの左フックをわき腹にねじこんでやった。左のわき腹には重要な臓器はないが、右には肝臓がある。前のめりによろめく相手の肺の裏側を狙って肘を振りおろすと同時に、マグマが顔面に噴きあげてきた。カウンターでもろに頭突きを喰らったのだ。両の鼻から血のシャンパンが噴き出し、左目は壊滅状態だ。破裂した毛細血管と涙腺から絞り出される粘液がピンク色に混じり合っている。アキラは両腕をX字になった足場にぶら下げ、戦意喪失を装った。

「ほう、血の涙を流すジャップか。カソリックには聖アンデレっていうのがいてな、キリストと同じ十字架じゃおそれおおいから、Xの十字架に磔《はりつけ》てくれってたのんだそうだ」

用心棒は人差し指を折り曲げ、アキラの右目も潰すつもりだ。

「悪いがジャパンじゃ、Xはバッテン印の大まちがい野郎だ」

アキラは突き出される一本拳を凝視しながら、金蹴りを放った。

イーストヴィレッジは、ウクライナやポーランドなどのユダヤ系移民を押しやったプエルトリコ人の街だ。そこへ家賃の安さにつられた貧乏アーティストたちがやってきて、80年代前半には50軒ものギャラリーがひしめき合った。プエルトリコ人にとって雑多な人種からなる新参アーティストなど目障りでしかない。

3年前からここに住み着いたアキラは、コカインの売人をやっていた。いくら向こう見ずなアキラでも、他人のシマで路売りするほどバカではない。注文の電話が入ると、カフェや街角で待ち合わせ、ブツをわたしていた。今日もセント・マークス通りにあるヤッファ・カフェで客と落ち合った。

モヒカンの寿司職人が「よう」と声をかけ、アキラのテーブルから『イーストヴィレッジ・アイ』を取りあげてトイレにいく。ページにはさまれていた1グラムのコカインを味見し、雑誌を返す。アキラはパラパラめくりかえし、100ドル札がはさまれているのを確認する。首尾良く仕事《ジョブ》をこなしたところだった。

「おれたちのシマ《バリオ》で勝手なまねはさせねえぞ」

イーストヴィレッジの中心にあるトンプキンス・スクエアは、ホームレスや売人のたまり場だ。この公園からイーストリバーにかけて、アヴェニューA、B、C、Dという危険地帯があり、アルファベット・ジャングルと呼ばれている。

錆びついた遊具の横を通り過ぎようとしたとき、頭上から声をかけられる。黄色い滑り台から弧を描いてファット《デブ》がすべり降り、オレの道をふさいだ。

「アルファベット・ジャングルはおれたちのシマだ。ジャップは出ていけ」

adidasと金糸で刺繍されたアイスホッケー・ジャージに新品のスーパースターをはいている。話したことはないが、同じ親元《ボス》から仕入れている売人だ。

「おまえの縄張りを荒らすつもりはない。だが同業者のよしみでひとこと言っておく」

いきがっていたファットが一瞬、怯《おび》えた目を伏せた。

「おまえ、親元の金を相当使いこんでるようだな。うちらのボスは用済みになった売人を容赦なく葬るって噂だぞ」

「大きなお世話だ！」

ファットのへなちょこパンチをスウェーでかわし、軽い足払いで尻もちをつかせる。

「おまえが死んでも悲しまねえが、生きてりゃ誰かを喜ばせられる」

硬直したファットの足元に唾を吐きつけ、歩き出す。改装中のトイレに差しかかったときあわただしい足音に気づいた。

ふりむいたとたん、頭蓋に閃光が走った。

ファットがつれてきた用心棒だった。恐竜を絶滅させた隕石のごとく、粉塵が世界を覆った。

アキラは後ろ向きに倒れながら相手の金的を潰し、セメントの山に墜落したのだ。

「おめえが誰かは知らねえが、もらった恩義はきっちり返す」

股間を押さえてうずくまる用心棒のまえに、1メートルほどの配水管をもったアキラが仁王立ちになる。

「さあ、これで勝負は互角だ。顔も見分けられねえほどぶちのめしてやる」

アキラは鋼鉄のパイプをゆっくりと振りかざした。

3

どす黒い波がうなりをあげて襲いかかってくる。

体が宙に放り投げられたかと思うと、頂点で停止し、地獄のジェットコースターは永久運動をくりかえす。キューバからの密航者を乗せた偽装漁船は明かりをいっさいつけずに航行していた。とくに嵐の夜は巡視船の警戒もゆるむ。黒い雨合羽を着て甲板にうずくまる人々は艫綱《ともづな》で体を縛りつけていた。強風とともにたたきつける波しぶきが頬を連打し、目がゾンビ《Living dead》のように充血している。12歳のスプーキーは母親の胸にぎゅっとしがみついている。

「白い人の国へいきましょうね、白い人の国へ」

母親は呪詛のように耳元でくりかえす。楽園だったカリブの海が、こんな怪物に豹変するなんて。

嘔吐した。

何者かが胃袋を食道を上にむかってしごく。目に見えない巨大な力にもてあそばれる恐怖。スプーキーは生まれてはじめて運命の不条理さをたたきこまれた。

寝汗の海で目覚める。

「なぜ《WHY》なの、またおんなじ夢を見ちゃった」

どうやらこの夢は定期的に襲ってくる。目覚めたあとも夢を覚えているという、ありがたくない才能に恵まれているようだ。

スプーキーは大げさに厚い唇を広げてＷＨＹを「オワア～イ」と発音する。「人生に深い疑問をもつことは大切だわ」そう口に出しながらも、考えることは苦手だ。

ジョンソン・エンド・ジョンソン社のタンポンにベビーオイルをぬる。冷凍庫から取り出したコカインのファスナーバッグに入れシェークすると、樹氷ができあがる。スプーキーはこれを「雪だるまのチンポ《スノーマンズ・ディック》」と呼んでいる。中国シルクのネグリジェをまくり、前屈姿勢で尻に挿入すると、熱いシャワーを浴びにいった。オマーラ・ポルトゥオンドのサルサに腰をくねらせ、１９０センチの長身を洗う。水を吸ったタンポンが膨張していき、直腸粘膜からコカインが吸収されていく。

スプーキーは股間にぶら下がるひょろ長い厄介者《ロング・バーデン》をつまみあげる。

「オワア～イ？」と呼びかけ、人差し指で弾いた。ぷるるんっとシャボンを飛ばすこの男根を切り落とすのが夢だった。

4

「ブッディストはなあ、カソリックより寛容なんだ。立ちな。ウノ、ドス、トレス、クワトロ……」

アキラはスペイン語でカウントを数えた。おつむをかち割ってハトでも飛び出してくるのならいいが、一生喰らいこみたくはない。狙うのは鎖骨と足のすねだ。相手のほうからパンチや蹴りをくり出すのを待ち、手足の骨を砕いて戦意を喪失させるのがいい。いきなり投げつけられた砂に目が眩《くら》み、パイプが空を切った。パイプがつかまれ、手のひらの皮膚をねじ切るように引っ張ってくる。命がけのこっけいな綱引きだ。

……ケンカとセックスってそっくりじゃん……憎しみと愛情も紙一重だ……武器を奪い合う男たち……いやいや、1本の男根を争うオカマなんじゃねえの？　アキラの悪いクセだ。極限状況に追いつめられるほど、もうひとりの自分が笑ってしまう。足刀蹴りでひざの内側を突かれ、アキラはあっけなく崩れた。

「笑ったな、おまえはおれを笑ったんだな！」

相手の憤怒に満ちた形相に、アキラは底知れぬ恐怖を抱いた。いままでサバイバル技術を競っていたケンカ相手が狂人に変貌していたのだ。満身の殺意をこめて鋼鉄の棒がアキラの顔面に振りおろされる！

甲高い金属音が響いた。

足場の天井にぶつかった棒が弾け飛び、狂人は強烈な痺れに手首を押さえこむ。破れ損なった鼓膜にけたたましいサイレンが急接近してくる。

「ポリ公《カップ》だ！」

5

アイヴォンは、包帯でぐるぐる巻きになった子熊のぬいぐるみを抱きあげた。

「ねえモーゼ、あの子のアホづら見せてやりたかったわよ」

「ああ、あの子は復讐を受けて当然だよ」アイヴォンは男の声色を使って、独り芝居を演じた。

鍵のついた黒い革表紙の日記には、アイヴォンが受けたいじめが綿密に記録されている。

「クリスチアーナの刑罰」をダークワインの口紅でぬりつぶした。

クリスチアーナは小学校からの同級生だ。英語と第2外国語のフレンチはいつも主席で、テニス部のキャプテンをつとめていた。プラチナブロンドの髪と真っ直ぐにとおった鼻筋が、たくさんの男心をつかんでいる。

クリスチアーナの態度が急変したのは、英語のテストでアイヴォンにぬかれてからだ。

体育のあと、シャワー室のカーテンがいきなり開かれた。マムにつねられた紫色の痣を見つけたクリスチアーナは、タイルの壁にひびが入るほどの大声で叫んだ。

「カポジ肉腫よお！」

シャワーの水がしたたるアイヴォンを取り巻きに担がせ、パレードがはじまる。教室から飛び出した生徒たちが全裸でもがくアイヴォンをはやしたてる。クリスチアーナの演技は完璧だった。

「みんな、ふざけてる場合じゃないわ。この子はエイズなのよ」

保健室で採取された血液はセント・ヴィンセント・ホスピタルに送られ、1週間後には陰性の返事が返ってきた。当然だ。アイヴォンは処女だし、麻薬だってやったことがない。

「ごめんなさいね、わたしの早とちりで。わたしはただイ、ヴ、ォ、ン、ヌが心配だったの」

フランス人の父親をもつクリスチアーナは、Ivonne《アイヴォン》をフレンチ読みする。しかし、エイズのレッテルを貼られて以来、「HIVonne《ヒヴォンヌ》」とあだ名された。廊下を歩いていると、誰かに押された男の子がアイヴォンにぶつかり、その子は逃げまどう誰かにさわる。さわられた子はつぎに感染させる誰かを追いかける。そんな遊びがしばらくつづいた。

あの事件以来、アイヴォンは「病原菌《ウイルス》」になったのだ。

クリスチアーナが9年生になったとき、3学年上の不良、ホアンを見初めた。ホアンは小学校のころから6番街にある空手道場に通って、全米選手権でもニューヨーク代表に選ばれたほどのマッチョだ。力ばかり強くて、おつむは空っきし、太い腸詰め《ソーセージ》にしかすぎない。しかし彼は、アイヴォンの復讐計画になくてはならない「道具」だったのだ。

アイヴォンは熱烈なラブレターをホアンのロッカーにすべりこませた。

6

売人にとって最大の天敵は、ポリ公《カップ》だ。やつらは自分のヤクが切れると売人を襲うし、退屈しのぎにリンチする。それでボーナスまでもらい、不祥事は全部もみ消してしまう。アキラの皮パンのポケットには2グラムのコカインが入っていた。

一目散に逃げ出す。

10丁目の煉瓦ビルを曲がり、誰も見ていないのを確認しながら、貼り重ねられたポスターの隙間にコカインの小瓶をすべりこませた。プードルの糞を食う肥満のドラッグクイーン、ディヴァインがピストルをかまえる『ピンク・フラミンゴ』のポスターだった。

「止まらないと撃つぞ！」

ブロックの角から走り寄ってきた白人警官は、気の早いことにベルトに手を当てている。

アキラは苦笑いとともに両腕をあげ、自分から警官に歩いていった。

「ひどいもんですよ。オレがちょっと注意しただけでいきなり殴りかかってきたんですから」

壁に手をつかされ、うしろから両足を蹴り広げられる。全身をまさぐられ、ポケットを全部さらうと警官はため息をついた。

「おまえらみたいなクソガキのおかげで、国民休日《ナショナル・ホリデー》も取れやしねえ」

警官は硬い馬革《コードバン》のブーツでアキラのケツを蹴りあげると、ぶつぶつ文句を言いながら去っていった。

胸のなかに不快な靄《もや》が立ちこめている。暴力を振るったり振るわれたりしたあとに必ず感じる残尿感のようなものだ。コカインの小瓶をポスターから取り出し、ブロックの角からのぞいたが、ファットや用心棒もいなくなっていた。1ミリほど開いた右目の隙間から光が感じられた。どうやら失明はまぬがれたらしい。この目が治りしだい、必ず復讐してやる。どんなに汚ねえ手を使ってもだ。

7

「なんて真っ白い肌なんでしょう」

スプーキーは8フィートもある全身鏡をうっとりと眺めた。顔の真ん中であぐらをかいた鼻、分厚い唇、ブロッコリーのように縮れた髪、造形は黒人そのものなのに、色素が完全に欠如していた。

白子《アルビノ》。

「白い人の国へいきましょうね」真っ黒な海で聴いた母のささやきがよみがえってくる。キューバの反米教育は白人憎悪を徹底的にたたきこむ。まるで自分の肌に星条旗が入れ墨されているかのように、スプーキーは学校でいじめられた。

「オカマが35も過ぎれば、中年よねえ」

胎盤から抽出したプラセンタエキス配合のしわ取りクリームを目尻にすりこむ。銀色のまつ毛を液状マスカラで黒くぬり、アイブロウペンシルで眉を描く。口紅はお気に入りのオレンジサンシャインだ。

「あたし綺麗?」

毎朝唱える呪文にうなずき、鏡のまえを去った。

電気コンロに耐熱ガラスの鍋をかけ、麻薬用品店《ヘッド・ショップ》で売っている混ぜ物ラクトースとベーキングパウダーを計りにのせる。0・001グラムまで計れる精密なものだ。

「クラック」

石ころのように乾いた、いい響きね。スプーキーがアキラの下請けをはじめてからもう3ヵ月になる。おかげで男娼という「受動的」な生活から、売人という「能動的な」才能に目覚めた。

コカインに対して10パーセントずつの混ぜ物を熱湯に放りこむ。できあがった塊を小さいかけらに刻んで赤いキャップのついたプラスチックカプセルに3かけずつ入れる。仕入値の700ドルを引いても、スプーキーの利益は500ドル以上残る。静脈や鼻腔粘膜を痛めつけてまでやる中毒者なんて古いわ。新しい客層が求めてるのは安全なドラッグ《レクレーション》なのよ。

「さあ、こいつらを売りさばいたら、ひと仕事終わるわ」

8

脈打つあなたの筋肉が
わたしの指を悪に誘う
禁じられた花園をいくらかきむしろうと
哀しみの洞窟は
あなたの愛でふさがれるのを待つばかりです
昼休み、体育館裏の用具置き場で待っています

愛しい人へ

「どお、これなら低能な筋肉マンでも理解できるでしょ」アイヴォンは自分で書いた文章に吹き出す。

「わざとらしいセックスの象徴を散りばめるところが、なかなかじゃよ。これならあの種馬がこないはずがない」男の声色を使って包帯熊が答える。

用具置き場を選んだのは、ダイヤルロックのナンバーをテニス部のキャプテン、クリスチアーナから教わっていたからだ。10畳ほどのプレハブのなかには、つかわれなくなった運動具がつめこまれていた。すえた臭いを醸す床運動マットが積み重ねられ、錆びついたバーベルが転がり、かびの生えたグローブやバレーボールが鉄製のゴミ箱に放りこまれている。

おずおずとアルミ製の引き戸が開いた。アイヴォンは獲物の登場に舌舐めずりする。きょろきょろと薄暗い室内を見まわすホアンが、跳び箱の最上段で足を組むアイヴォンを見つけた。

「お、おまえ本気なのか」

3学年も上のホアンは、エイズ女のレッテルを貼られたアイヴォンを知らない。ただ、あまりにも幼い容姿の下級生の誘いに戸惑っているようだった。アイヴォンは義父からくすねたコカインをタバコに混ぜて巻いた「火山《ヴォルケーノ》」に火をつけると差し出した。ホアンが肺いっぱいに吸いこみ、むせた。お子様用のマリファナじゃない。しかも混ぜ物しか知らないガキどもが永遠に手にすることもできない本物の結晶《ロック》だった。ホアンはポーカーフェイスを取り繕いながらも、オナニーを覚えた猿のごとくコカインタバコを吸いこんでいる。アイヴォンは跳び箱からおり、彼のベルトとジッパーをはずした。

「跳び箱に乗って」

「ビッチ！　おれ様に指図するつもりか」ホアンがアイヴォンの長い髪をひねりあげる。

「気持ちよくさせてあげるから」

ぶかぶかのジーンズをずり下げたまま、跳び箱をよじ登るホアンのBVDブリーフを電光石火で剥き下ろし、陰茎をつかむと同時に肛門に尖らせた舌を差しこんだ。

「な、なにするんだ、ああっ」柔らかだった男根をもみしごき、陰嚢を唾液の音をあげて吸いなぶる。

跳び箱の上で四つん這いになったまま喘《あえ》ぐホアンは、こっけいなライオンの彫像だった。ものの1分で射精した。

神様か誰かは知らないが、愛や道徳や倫理が発明される以前に、「こすると、出る」というプログラミングを男にほどこしたのはたしかだ。手だろうが、ヴァギナだろうが、「IN&OUT」は永遠に消去できないベーシックプログラムであるらしい。毎週ホアンは用具置き場に誘い出され、屈辱的なポーズで尻を剥かれ、こすられ、出された。極上のコカインで中毒症状を呈し、空手選手としては使い物にならなくなっていった。

今日は特別ゲストを呼んでおいた。

もちろんそれは「情報漏れ」として、クリスチアーナに伝えられた。彼女と取り巻きは、「エイズ女」のスキャンダルをスクープしようと、用具置き場にむかった。アルミ引き戸の隙間から、クリスチアーナは「跳び箱のライオン」を目撃することになる。「男のなかの男」と呼んだ恋人が、よたよたと跳び箱によじ登り、自らジーンズを下げ、桃色の吹き出物を散りばめた尻を突き出し、哀願する。

「たのむよ、クリスチアーナみたいなマグロのセックスじゃだめなんだ。あっ、いい……そこっ、そこっ」

大音響とともに全開になった引き戸からあふれ出す太陽光線に「跳び箱のライオン」が照らし出された。「ホアン、あんた、なんて恥ずかしいかっこうを、ああっ地獄だわ！」

半狂乱のクリスチアーナが躍りこんでくる。羞恥と怒りで紅潮したホアンが逆上する。刹那、クリスチアーナの美しい鼻梁が粉砕された。

失神したまま宙を飛び、後頭部が引き戸の窓を突き破る。アルミの桟を支点にのけぞった首筋に頚動脈が震え、美しい顔に散らばったガラス片が陽光に反射する。間をおいてあふれ出した鼻血が小鼻のくぼみをすり抜け、目頭に澱《よど》み、枝分かれしてひたいをすべり、金髪の生えぎわに吸いこまれていく。クリスチアーナの頭部は臓物の重みに耐えかねて、ずるっと床に崩れた。

ズボンを足首にからませ、無様に縮んだ性器をさらしたまま、ホアンは自分の拳を見つめていた。

「おれじゃねえぞ、おれじゃねえ。ちくしょう、まるで悪魔に操られたようだ」

9

アキラの住む地下室には裏庭から陽が差しこんでくる。アキラは鉄パイプのベッドに全裸で横たわってい
た。地下室は冬は暖かく、夏は涼しい。拾ってきた鉄パイプのベッドに全裸で横たわっていた。エアコンなど望むべくもなく夏場はいつも裸だ。ゆっくりと寝返りをうって窓を見る。そとが1メートルほどの幅で掘られているので、昼近くなった太陽が鉄格子の影を床に落とす。

アキラは目覚めるまでのまどろみを愛した。こうしてとりとめもない記憶の海にずっと浮かんでいたいと思った。

子どものころからずっと、世界は自分を中心にまわっているもんだと信じていた。中学の期末試験で「ガリレオの唱えた地動説を説明せよ」という問題が出たときも、わざとむちゃくちゃな回答を書いた。「夜空は黒い画用紙でできていて、針で開けられた穴をうしろから用務員さんが懐中電灯で照らしている。用務員さんは毎日ちがった穴を開け、ぼくたちを楽しませてくれます」

職員室に呼ばれ、びんたまで喰らったが、アキラは信じつづけた。「それでも宇宙はまわっている」と。

20歳に近づくにつれ、主役を降ろされたような気分になってくる。社会の歯車におさまることを強要されるからだ。努力、根性、忍耐、集団責任、反吐が出るほど嫌いな言葉だっ

た。巨大な万力で毎日1ミリずつ頭蓋骨を締め上げられ、いつか卵のように割れるだろう。

「この国には生きているのにも価しない、よけいな人数が多すぎる」

池袋駅のゴミ箱から拾ったスポーツ新聞の犯罪記事を読みあさり、いつかこいつらを皆殺しにして、名をあげてやろうと胸を躍らせていた。もちろんそんな勇気もなく、さまざまなバイトを転々とした。新大久保と高田馬場のあいだにある公園で日雇いのトラックを待ち、浜松町のラーメン屋で出前をし、サンシャイン60の地下にあるマクドナルドで真夜中の掃除《メンテナンス》をし、海外へ日本の新聞を発送するOCSという会社で働いた。満員の山手線につめこまれながら、疲れ果てたサラリーマンに、自分の顔がだんだん似てくることに苛立った。


オレのいる場所はここじゃない。

19歳の終わりに、はじめての海外へ出た。ひとりでニューヨークに着いたときに愕然とした。この街では、日本で絶対唯一と教えこまれてきた物差しがまるっきり役に立たなかったからだ。

希望《ホープ》や平和《ピース》が出てくるタバコの自販機もないし、焼き芋屋やチャルメラおじさんがやってくる安全な真夜中もない。タクシーの乗車拒否は当然で、自分でドアを開けなければならないし、厚い防弾ガラスに料金を投入する。カップヌードルはスープを捨てちゃうし、ハンバーガーひとつ食うのにも1リットルのコカ・コーラを飲む。ゲップにはあからさまに顔をしかめるのに、平気で屁をこきやがる。自分の名前「AKIRA」の発音は「エケレ」になるし、「あなたは仏教徒ですか?」と訊ねられてあいまいに笑うと「YES o

「NO?」と問いつめられる。親切にしてくれたホテルの受付嬢に「つまらないものだけど」と粗品をあげようとすると、「つまらないものなんかいらないわ」と断られる。粗品である折り紙の鶴を見せると、「この芸術品のどこがつまらないのよ」と怒りだす。謙譲の美徳など鼻くそ《snot》だった。自分自身の足で立ち、自分の言葉で主張しないかぎり、コーヒー1杯飲めないのだ。6年間も文法だけを学ばされてきた鬼畜米英語が通用しないどころか、20年間もたたきこまれてきた日本の常識などこっぱみじんに吹き飛ぶ。ゴジラや忍者がいまだにいると真剣に信じているやつや、日本はアメリカのどこかにある電機メーカーだと思っているやつがたくさんいるのだ。

　メイドインジャパンの物差しをたたき折られるのが快感になって、ヨーロッパやインドまで放浪を重ねた。しかし「犯人は犯行現場に必ずもどってくる」という。インドよりも危険で、アナーキーで、混沌に満ちあふれていたニューヨークに住みついたのは3年前のことだ。

　たまたま住み着いたイーストヴィレッジは貧乏アーティストの巣窟だった。デビュー前のシンディ・ローパーは日本食レストランでウェイトレスをし、アスタープレイスの駐車場で自作の詩集を売っていた。下積み時代のマドンナもこのあたりで生活していた。アキラは、フューチュラ2000らと街を落書きアートで飾り、ジャン＝ミシェル・バスキアとヘロインを買う列に並んだ。

「クソったれ《shit》！」

　アキラは裸足なのも忘れて壁を蹴り、思わぬ痛みにつま先を抱えて片足飛びする。孵化直前の有精卵みたく内出血した白目が鏡に映し出された。天然パーマの髪をくしゃくしゃにかきまわし、痩せこけた自分の顔におぞけ立つ。顔だけじゃない。肋骨の浮き出した胸板、ほとんどまともな飯を食わない腹、つかわなくなった金玉が悪性腫瘍のように縮こまっている。

アキラはくるりと鏡から顔をそむけ、勢いよく放尿した。狙いの定まらない小便が便器のそとに黒い抽象画を描く。象の鼻が把手になったプラスチックカップでうがいをし、口のなかで死んでいった粘膜細胞をすすぎ出す。

まずは朝飯からだ。最近はこれがないと、歯も磨けやしねえ。

ヘロインはジャンク《クズ》と呼ばれ、ダイムパックという10ドル単位で路売りされている。「ドンペリニヨン」とブランド名が押された4センチ四方の防水紙袋を開き、半分をティースプーンに落とした。耳かき2杯ほどの粉はわずかに茶色味をおび、艶かしくオレを誘う。使いこまれたスプーンの底は煤で焦げつき、表面がまだらに青光りしている。コップから5ccほどの水を注射器で吸いあげスプーンにそそぐと、粉は透明に溶ける。スプーンを静かに揺らしながら、沸騰するまで1ドルライターで底を炙る。タバコのフィルターをほんのひとかけらちぎり、丸めてスプーンに落とす。ほこりなどを吸いこまないようにするためだ。フィルターに針先をあて1滴残らず吸いあげる。針先を上にあげ中指の爪で弾くと、シリンダーのなかの空気が上部に集まり、慎重に空気だけを抜いていく。アーミーベルトを右腕に巻きつけ、前歯で噛んで引き絞る。左利きのアキラの右腕には、マンハッタンの地下鉄地図《サブウェイ・マップ》さながら注射痕がつづき、肘の内側はかさぶたと膿でふさがれている。ベルトを手首に巻き直し、拳を握る。手の甲をたたいて浮きあがってきた静脈に突き刺す。腕に比べて痛みが強い。水中花のごとき鮮血の薔薇がシリンダーのなかに噴き出す。これが静脈を探しあてた証拠だ。親指の腹でゆっくりとプランジャーを押していく。ジャンクが血管に「IN&OUT」する快感がたまらなく、また血を吸いもどしポンピングを楽しむ。と、血が入ってこない。突き抜けてしまったのだ。皮膚のなかで針をかきまわし、血管を探す。ひとしずくだって無駄にはできない。浅い角度で突っこむと、赤い鉱脈が見つかった。すべてを注入し終える。

ジャンキーは苦痛と快楽によってのみ、世界を知覚する。

頭蓋の森に霧《ミスト》のシャワーが降りそそぐ。

平和と静寂に満ちた白銀のしずくが、枯れた木々をよみがえらせ、乾いた大地を生き還らせる。

自分と世界を隔てていたあらゆる境界が溶解していき、宇宙という羊水に浮かぶ胎児となる。

この至福のためならば、オレは惜しげもなく世界を擲《なげう》つだろう。

10

スプーキーは鋼鉄のドアを勢いよくノックした。

部屋のなかでは大音響でディスチャージが「耳をふさげ！　目をふさげ！　口をふさ

げ！」と絶叫している。朝っぱらからこんな糞ノイズを聴くなんてどうかしてるわ。蛇皮のハイヒールでドアを蹴りまくった。

「よう、麗しの幽霊《スプーキー》ちゃんか」

素っ裸のアキラがドアを開けた。繊細なオカマに対してデリカシーのかけらもないやつね。

これが人間の住むところかしら。粗大ゴミのコンテナにケツを突っこんでるほうがまだましってものよ。10畳ほどの細長い部屋は床から壁や天井まで剥き出しのコンクリートで覆われ、途方もないガラクタで埋め尽くされていた。

イーストヴィレッジではこのガラクタを芸術と呼びやがるのよね。目の前でラリってる麻薬中毒者がお芸術家様なんだから。いくら頭をひねっても、本物のゴキブリを貼りつけたオブジェが1000ドルで売れたなんて信じられないわ。

「あんた、その目どうしたのよ」スプーキーのハスキーな裏声がノイズにかき消される。

「耳をふさげ！　目をふさげ！　口をふさげ！」

アキラは惚けたツラでベーグルにケチャップをかけている。それはデルモンテのガラス瓶じゃなく、白いキャップのついたビニール容器だった。KAGOMEというブランド名が浮き出している。スペイン語でCAGOMEは自分で自分にクソをするという意味だ。

「耳をふさげ！　目をふさげ！　口をふさげ！」テレビのなかにゴミをつめこんだ作品が並ぶ棚でデッキはがなりつづける。

「んもおう、おまえの口をクソでふさぎやがれ！」

スプーキーはカセットデッキを頭上高く持ちあげると、コンクリートの床にたたきつけた。コンセントがちぎれ、黒いプラスチックが飛び散り、泣き叫ぶ罪人の首が切り取られる。ぽっかりとあいた静寂のなかで、スプーキーは骨ばった尻を突き出しペンペンとたたいてみせる。

「この野郎……」

つかみかかろうとするアキラの横っ面を、星条旗柄のホットパンツから取り出した札束で張った。

「こいつでデノンのフルステレオセットでも買いなさいよ」

ぽかんとあいたアキラの口のなかに700ドルの札束をねじこんだ。

「あんたから預かったハーフ・オンス（14グラム）をたった1週間でさばいてやったわ。スプーキー様の実力を思い知ったかしら」

スプーキーは全裸で立ち尽くすアキラのディックにふれた。

スプーキーが勝ったら、アキラは処女を捧げる。といってもスプーキーは受け身のゲイだから、アキラにファックさせる。アキラが勝ったら、スプーキーの友人の娼婦をあてがうという賭けだった。

「ふん、ジャンクなんてやるやつの、気がしれないわ」

いくらしごいてもだめだった。ジャンクをぶちこんで勃起するやつはいない。スプーキーはこの無神経な腕白坊やが大好きで、世界一憎たらしかった。

金玉《エッグ》を思いっきりひねりあげた。

アキラはスプーキーを蹴り飛ばし、股間を押さえて飛び跳ねている。

「死ね！　死ね！　死にやがれ、カリブのオカマめ！」

惨めに母国語をまき散らすアキラに笑いころげた。

「そとはもうお祭りよ。1番街は歩行者天国になってるし、いろんな出店も出てるわ。さあ、踊りにいきましょう」

できの悪い子どもの世話を焼くのが好きだ。アキラをベッドに突き飛ばし、黒のレザーパンツをはかせてやる。この子は洗濯が面倒くさいんで、下着をつけない。去年のクリスマスにスプーキーがプレゼントしたカルバン・クラインのショーツも、外出着にしてしまう始末だ。つま先に鉄板の入ったコンバットブーツを編みあげていると、アキラの繊細な指が髪に伸びる。

「なあスプーキー、ときどきオレは変な欲望にかられるんだ。おふくろのウェディングドレスをおまえに着せて、いっしょに記念撮影したいってね」

暗い地下室から地上に出ると、乱痴気騒ぎがはじまっていた。

11

「ねえモーゼ、今日がなんの日だか知ってる？」

「7月4日、アメリカの独立記念日じゃろ」アイヴォンは腹話術師のように包帯の巻かれた熊のぬいぐるみをうなずかせる。

「そう、この地獄から脱出するにはもってこいの日でしょ」

アイヴォンはモーゼを黒いトランスポーターバッグに入れた。

隣室からスペイン語の罵《のの》り合いが聞こえる。両親のケンカはいつものことだ。アイヴォンはシリコン製の耳栓を外耳《がいじ》に押しこみ、家出の準備をつづける。今まで自分が使ってきた日用品や服はいっさい持っていかないと決めた。刃先が10センチ以上もある裁断ハサミと安全剃刀、黒い革表紙の日記帳、生理用の黒いナイロンパンティー、娼婦しか着ないような黒いラメのドレスだけをすべりこませた。

「アイヴォン、居るんでしょう」激しくノブがまわり、ドアが打ち鳴らされる。

絶対に開けちゃいけない。母親の魔性の目にからめ捕られたら、10年間夢見てきた脱出計画が潰されてしまう。

「なんでも好きな物を買ってあげるわ。ちょっとドライブにでもいきましょうよ」

母のドライブ。

これほどアイヴォンを震撼させるものはなかった。A&Pでも、トイザらすでも、ソーホーのブティックだろうが同じことだ。

5歳のころからずっと、母の運転する車に乗るということは苦痛と切り放せないものだった。シフトレバーやラジオのスイッチをひねるのと同じように、アイヴォンの太腿をつねりあげるのは、運転に必要な機械操作だと思っていた。当然、幼いアイヴォンは大声で泣く。あくまで機械を操作する母の右手は、泣き声のヴォリュームを下げるためにアイヴォンの唇を絞りあげ、涙を流すまぶたをちぎれんばかりに引き下げる。

目的地はスーパーマーケットでもおもちゃ屋でもなく、駐車場だった。

母は義父に対する憎悪を呪文のようにつぶやきながら、アイヴォンの体をつねりつづける。それも人目にふれる顔や手足よりも根元を狙う。夏には半袖のTシャツを泣いて拒んだ。袖からすべりこんでくる無慈悲な指は、痛みに敏感なわきの下を狙う。うすい皮膚はいつも紫色に内出血し、黄色い膿を毛穴から分泌していた。小学校の高学年に入って胸が膨らみはじめると、乳首が集中攻撃にさらされた。今でも乳首は硬く不自然な方向にねじれていて、凝固した血の色をしている。

「お願い、いい子だからこのドアを開けて」

乱打はやみ、母の猫なで声がドアの隙間からクロロホルムのごとく侵入してくる。アイヴォンの意志とは反対に、体が勝手に動いていく。鍵をまわし、チェーンロックがへだてる10センチの隙間から、マムの顔がのぞいた。

「今日はお祭りよ。ブルーミングデールズでピンキー&ダイアンのドレスでも買いましょうか」

マムの褐色の目が迫る。

「ベイビイ、あなたは開けるわ」

5歳のときにダディーが死んでから10年間もくりかえされてきた呪縛に、アイヴォンの人格が入れ替わった。

「アイヴォンはいい子でしゅよ、いい子でしゅよ、ママ」

幼児のような泣きべそをかいて、チェーンロックに手をかけ、ロックをはずそうとした瞬間、なにかが破裂した。

12

ドップラー効果音を残して弾丸が頭上をかすめた。

「きゃあっ」長身のスプーキーは造花のいっぱいついた麦わら帽子を押さえ、緑亀のように首をすくめる。

ロケット花火は開け放たれた2階の窓に飛びこんでいった。

つぎに足元でワンバウンドした花火は老婦人が連れていたチワワの側頭骨にパンッと弾けた。四肢を硬直させて転倒したチワワは赤い舌と泡状の唾液を垂らし痙攣している。

「キャスリン、キャスリン、しっかりして！」老婆が必死で揺するが、チワワは冷凍したウズラのように転がったままだ。

道のむこう側からガキどもの悪意に満ちた笑い声が聞こえてくる。消防車やパトカーが通行止めされた道のど真ん中に待機していたが、いっこうに注意する様子はない。

1番街にはプエルトリコの連中がテーブルを出し、ミラービールをまわし飲みながらドミノやブラックジャックに興じている。街角にすえつけられたスピーカーから流れ出すサルサがストリートにあふれ、バスケットボールをふたつくっつけたような尻を振っておばちゃんたちが踊っている。お祭り好きな群衆のなかから忘れたくても忘れられない顔が近づいてきた。

「きのうは楽しかったぜ」

全身の毛穴が造山活動を開始する。空手使いの用心棒だ。オレは突きあげてくる怒りに紅潮した。

「この街でおれたちを敵にまわしたらどうなるか、わかってんだろうな。片目のニンジャさんよお」

やつのうしろに控える5、6人のチンピラが、これみよがしに指の関節を鳴らす。

「こんなオカマ野郎《マリコン》におまえの配水管を突っこむのか？」侮蔑をこめてスプーキーを嘲笑した。

「売女の息子《イホ・デ・プータ》！」スプーキーが男の顔面に黄緑の痰を吐きかけた。

「逃げろ！」

アキラはスプーキーの手首をひっつかみ、人混みを逆流していく。波しぶきのごとくフライドポテトが宙を舞い、生ビールの紙コップがパラソルのついたテーブルごと倒れる。ドレスをマスタードで汚された女が悲鳴をあげ、血気盛んな若者たちが楽しいことが起こりそうだと集まってくる。車道を駆け抜けていったチンピラが正面をふさいだ。一縷の望みを託して、韓国人が経営するコンビニに飛びこんだ。

ケチャップの瓶が爆裂した。暴漢たちはゆっくりと店を破壊しながら迫ってくる。

「日本のチューブだったら割れないのになあ……」

アキラの肘にすがりつくスプーキーが青白い顔をひきつらせる。

「なに余裕こいてんの。い、いったいこのクソったれどもは、なんなのよう」

ポール・ニューマンの痴呆的な笑顔がはりつけられたポモドーロソース、ハインツのマヨネーズ、ガーキンスのピクルス、ビーチナッツの離乳食、V8のスパイシーベジタブルジュースなどがつぎつぎに投下され、リノリウムの床は「ヒロシマスペシャル」とでも名づけられそうなピザ状態だ。アキラは商品棚にあったタオルの袋を破り、床にこぼれたワインビネガーを拭きはじめた。

「あんた、掃除なんかしてる場合じゃないでしょ！」

上から打ちかかろうとした男の横っ面がタオルでひしゃげた。濡らして二つ折りにしたタオルは相当な破壊力をもつ。酢とガラス片が目に入り立ち往生する男に、アキラは腰だけを使って浅いフックを顎に入れた。フックは深く打つと倒れにくいし、手首を返して打つと親指を痛めるので拳を縦にするのがコツだ。アキラはタオルをヌンチャクのように使い、つぎの男をなぶった。相手を怒らせたらこっちのものだ。必ず直線的にまえに出てくるから、つぎのステップまで読める。まずは打たせてあげる。もちろん当てさせないが、打つことによって相手の欲望を半分満足させてあげると、そこに隙ができる。突進してくる男のケツをタオルでぴしゃりとやっただけで、勝手に棚に突っこんでいく。3人のチンピラを片づけたあとには、例の用心棒が控えている。こいつだけは素人じゃない。スプーキーを背中にかばいながら、天井の角についている魚眼ミラーで入り口を見た。この騒動のもとになったデブの売人が、にやにやしながら窓に張りついている。店のオーナーは電話機を押さえられ、頭を抱えて立ち尽くす。自動ドアからぞくぞくとチンピラたちが入ってくる。むりだ、たとえ用心棒をのしたって、生きてここから出られることはないだろう。

13

アイヴォンは部屋に飛びこんできたロケット花火の爆発音で正気にかえった。

満身の力をこめて、ドアを閉める。

「母親を粗末にしたらどうなるか、覚えてらっしゃい」

捨て台詞とともに遠ざかるママの足音に胸をなでおろす。

だめだ、ママにだけは復讐できない。長年たたきこまれた恐怖にすくんでしまうのだ。この家庭と決別するために、せめて義父だけは懲らしめてやろう。アップジョン社の睡眠薬《ハルシオン》を5錠、コカ・コーラの瓶底ですりつぶした。

「パパ、コーヒー淹れたけど、飲む？」

義父は近くにいる親戚を訪ねるために真っ白い麻のスーツで正装していた。麻薬の元締めをしながらも、いっさい自分ではやらない。たっぷりと脂肪をためこんだ腹が、彼の強欲さと、厳粛さを物語っていた。

「おまえはママとちがって、やさしい子だね。父さんの部屋でいっしょに飲まないか」

義父のおぞましいお遊戯を想像しただけで胃壁が収縮する。酸っぱい唾液を流しに吐き捨てた。それも今日で終わりだ。

「いいわよ」アイヴォンはとっておきの作り笑いを返した。

汗くさいベッドに腰かけ、義父は甘ったるいコーヒーをすすった。片手はアイヴォンの太ももをなでている。

「こんな美しい肌を痛めつけるなんて、罪な母親だなあ」

ふん、てめえが言えた義理かよ。アイヴォンは横目で空になったコーヒーカップを確認した。スクールTシャツのすそから忍びこんだ手が背中を迂回して左の乳房をもみしだきはじめたとき、ベルが鳴った。あまりにしつこく押されるベルに、義父は舌打ちをしてドアフォンに出る。

「ドン・ロドリゲス、たいへんだ！　あんたんとこの若いのが暴れてるんです。あのジャップが殺されるかもしれません。とにかくすぐにおりてきてください」

「パパ、そんなのほっとけばいいでしょ。ジャップなんか殺されちゃえばいいのよ」

そんなことされたら計画がなにもかもおじゃんだ。

「ほほう、アイヴォンが自分から誘うなんて珍しいな。すぐもどってくるよ」

義父は小型拳銃《ハンドガン》を無造作に内ポケットに突っこみ、ドアから出ていった。

14

ホアンはなぜこれほどまで自分が荒れているのか知っていた。

今まで力で支配してきた男子生徒から「跳び箱のライオン」と蔑まれ、女子たちからも嘲笑された。目の前のジャップに恨みはないが、自分の権威を復活させる生け贄が必要なのだ。あれだけボコボコにされても決して屈しないジャップの目が憎い。腫れあがった眼球を抉り、貪り喰ってやりたかった。

ホアンはサラダバーのステンレストレーをフリスビーの要領で投げつけた。アキラの頬をかすめ、ガラス張りの冷蔵庫にけたたましい金属音をたてる。アキラは小麦粉の袋を破ると、顔面の高さにまき散らかした。

店内を覆う煙幕に、石膏像みたいにこっけいな自分の姿が浮かびあがる。こんな状況に追いこまれてまで、まだジャップは挑発してくる。

つまりおれ様は、なめられているってことか。

渾身の力をこめて中段突きをくり出す。身をかわされた拳が冷蔵庫の把手に炸裂した。激痛が全身を戦慄《わなな》かせる。拳頭の皮膚がべろりと裏返り、毛細血管が不気味にてかっている。思考が停止し、たったひとつの絶対命令だけが肉体を支配した。

「殺す《テ・マト》」

ホアンの表情が苦痛から残酷な笑みに変わった。冷蔵庫からコカ・コーラの1リットル瓶を取り出し、柱にたたきつけた。沸騰した泡が宙空に飛び散り、冷酷な牙を剥き出した空瓶で突っこんでいく。

「待ちなさい《モメンティート》！」

威厳に満ちた一喝に、時が凍結する。パナマ帽に上下真っ白の麻スーツを着こんだ紳士が入ってきた。

「なにがあったのかは知らないが、暴力はいけないな」

プエルトリカンマフィアの顔役、ドン・ロドリゲスだ。

「この子たちはわたしの友だちだ。今日のところはわたしに免じて、許してやってはくれまいか」

ジャップはやつのコカインをさばいているし、この老いぼれマフィアの残忍さは、イーストヴィレッジじゅうに知れわたっている。しかもこいつはアイヴォンの父親なのだ。噴きこぼれる怒りを抑えて、仲間たちに命令した。

「出ろ」

ジャップとオカマは、ドン・ロドリゲスの手を両手で握り、ひざまずいてキスまでしてやがる。ジャップたちを従えて扉を出てきたドン・ロドリゲスは、大きくあくびをすると、よろめいた。まぶたが半分閉じかけている。待ちかまえていた20、30人ものチンピラの波が割れていく。

そのとき、老マフィアが昏倒した。

なんの前ぶれもなく、すうーっと横に倒れていったのだ。取り巻きがかろうじてドンを受け止めた。ホアンはなにが起こったのかわからなかったが、運命の女神が微笑んだのはたしかだった。沸き起こる歓喜に叫んだ。

「今だ、やっちまえ！」

15

「わたしがパパを看るから、あなたたちは祭りにもどっていいわ。そのジャップとやらをやっつけなくっちゃね」

若者たちは入ってきたときと同じようにどやどやと出ていった。やすらかに昏倒する義父の顔をアイヴォンは見おろした。

ダディーが死に、困窮しきった母は、裕福な義父と結婚した。誰よりも残忍で、誰よりも身勝手で、愛情のかけらもないこの男に、幼いアイヴォンの運命までもあずけたのだ。

ガッチャ。

後ろ手にドアをロックしたとたん、9年間もつづいた悪夢が自動再生される。

「アイヴォンちゃんはいい子だねえ。さあ、お祈りの時間ですよ」

義父がやさしくなるのはこの寝室の鍵をおろす「ガッチャ」のあとだ。敬虔なカソリック教徒である義父は、猫なで声でズボンをおろす。わたしは床にひざまずき、おぞましい聖餅をくわえさせられる。義父のいきり立った男根に幼い口が張り裂けそうになる。不思議なことに義父は、正常なセックスには一切興味をもたなかった。

いよいよ復讐のときはきたのだ。

「はい、今日が最後のお祈りでしゅよ」

枕元のナイトスタンドから抜き取った白熱電球を幼い舌で舐めまわした。

こんなに膨張してるのに、ひとかけらの愛情もつまってない「ガラスの男根《ディック》」。お義父《とう》さん、あんたを愛情のかけらで満たしてやるわ。

アイヴォンはうつぶせで眠りつづける義父の麻ズボンを下ろし、尻だけを高く持ちあげた。ねじこみ金具のほうから右回転で挿入していく。

「あっはっは、むりやり卵を産まされるニワトリそっくりだわ。よくも長い間いたぶってくれたわね」

アイヴォンはベッドの上に仁王立ちすると卵を蹴り破る。

「この意気地《チキン》なし、意気地《チキン》なし、意気地《チキン》なし！」

ガラス球の不活性ガスが噴き出すとともに、義父がぐうっとうめいた。直腸のなかでフィラメントがちぎれ、破片が粉々になるまで蹴りまくった。1本の太い血流が萎《しな》びた陰嚢をつたってシーツに落ち、蝶の形に広がった。

ジャケットの内ポケットから財布を抜き取ったとき、硬いものにふれた。ドイツ製のワルサーPPKという小型拳銃だ。

16

「きゃあっ」スプーキーが悲鳴をあげてまた店に逃げこむ。

「ばか、もどったら袋の鼠だ……」

行くかもどるか《IN & OUT》、答えはひとつしかない。

「うおぉぉぉぉう！」アキラは獣じみた雄叫びをあげた。顔のまえで腕をX字に組み、敵のさなかに自ら突進していく。耳やわき腹を殴られ、腿やふくらはぎを蹴られながらも、包囲網を突破した。ふりむくと20人ほどのチンピラたちが追いかけてくる。先頭を走ってきたやつがアキラの襟首をふんづかんだ。ふりむきざまに相手のすねをコンバットブーツで蹴りあげる。もんどりうった男に足を取られて2番手もひっくりかえる。

歩行者天国の真ん中に「青い棺桶《ブルー・コフィン》」が見えた。売人たちが侮蔑をこめてそう呼んでいる、ポリスカーだ。やつらは2、3メートルうしろに迫っていた。こうなったら恥も外聞もあったもんじゃない。両腕をあげたまま助手席に不時着したオレに、黒人警官は目を剥いた。右手が拳銃の引き金にかかっている。

「た、助けてください」情けないほど正直に哀願した。急ブレーキをかけられたチンピラたちは憎悪のまなざしで車のまわりを回遊する。ふりかえった警官も、ただならぬ殺気を感じたようだ。

「友だちが、あなたと同じ黒人が殺されそうなんです」

警官は威嚇するかのごとくエンジンを響かせ、バックで人波をかき分けていった。コンビニのまえの人垣で停車し、警官のあとについて降りる。もう一度、海が割れる。何人かの若者が股間のジッパーを引きあげながらあとずさる。

人垣の中心にスプーキーが倒れていた。

長身を胎児のように丸めながら、アンモニア臭のする羊水のなかで気絶している。白髪の巻き毛のとなりには、ブロンドのかつらと造花で飾られた麦わら帽子が、無惨にも踏みにじられていた。

「車に乗せろ。病院につれていってやる」警官がアキラに命じた。

スプーキーの背中からわきの下に手をまわして引きずり、ポリスカーの後部座席に横たえた。沈黙を守る群衆のなかに引きかえし、帽子とかつらを拾いあげる。茶色く変色した帽子をわきにはさみ、かつらを絞る。

滴り落ちる暴漢の小便は、カリブ海の匂いがした。

17

アイヴォンは、バスターミナルのトイレでハサミを取り出した。

がくんと首を曲げ、背中まで垂れた髪を後頭部から旋回させ、便器にひたす。糞苔に囲まれた水たまりに漆黒の滝が流れこむ。

ザックリといった。

裁断バサミが根元で引き絞られるたび、少女は性《ジェンダー》から解放されていく。

アイヴォンという過去をもった存在と決別できるのだ。

天井のタンクから伸びる鎖を引っ張る。

自分の分身として死んだ、黒猫のような毛の塊が轟音をたてて流れていった。

便器から両手で水をすくって頭に浴びせ、顔を洗った。

冷たいタイルの床に腰をおろし、安全剃刀で剃りあげる。髪がつまると便器でゆすぎ、深剃りした毛穴から滲む血をぬぐい、みごとなスキンヘッドができあがった。

学校のロゴマークが入ったTシャツを脱ぎ、頭を拭いてから丸めて捨てる。肩ひもで吊られた黒いラメのドレスに着替える。トイレのドアを開け、鏡のまえに立った。

真っ黒いシャドーをスポンジチップで下まぶたにぬり、ダークワインの口紅で完成だ。別人だった。

これなら誰が見たって、9年生のいじめられっ子、アイヴォン・ロドリゲスとは気づくまい。トランスポーターバッグのサイドポケットから包帯熊のぬいぐるみを引っ張り出して、鏡のまえに座らせた。

「ねえモーゼ、アイヴォンはこのトイレで死んだの」

生まれたての卵みたいな頭をなでる。

「今日からわたしをエッグって呼んで」

18

ここの便所はいつきても、詩集のページにはさまれたような気になっちまう。アキラは血管に針を突き立てながら、最高に上品な詩の数々を鑑賞した。
You horrible worthless scumbag（おまえはどうしようもなく価値のねえゴキブリだ）
You disgraceful sack of shit（この糞袋）

I'll stick my 9inch cock in your mouth punk（おれの23センチのチンポを口に突っこんでやる）
Will suck your dick for pint of thunderbird wine（サンダーバードワインと引き換えに、しゃぶってやるよ）
You fucking vomit（ゲロ野郎）
You fucking cock sucking New York garbage（ニューヨークのゴミめ）
You should get fucked by electric drill（電気ドリルでファックしてやるぞ）
Your mama takes a walrus tusk up the ass（おめえの母ちゃんのケツにセイウチの牙を突っこめ）

「ちょっとお、アキラまだなの？　30分後に出るシカゴ行きがあるのよ。早くチケット買わないと乗り遅れちゃうわ」スプーキーにせかされて窓口に並んだ。

「失礼ですけど、このバッグで順番を取ってありますのよ。入れてくださる」

「割りこまないでよ、わたしのほうが先なんだから」

「割りこみはあんたのほうでしょ。こんな不気味なぬいぐるみもって、このハゲ！」

「あんたこそアニメキャラみたいなかっこして、このオカマ野郎！」

スキンヘッドの小柄な女がスプーキーの肩を押したとたん、すさまじい悲鳴がドームいっぱいに響きわたった。スプーキーが床に崩れ落ちる。レントゲンの結果では鎖骨にひびが入っていたのだ。アキラたちは病院から直接バスターミナルにきた。ほとぼりが冷めるまでニューヨークをはなれるしかない。

「ご、ごめんなさい。ちょっとさわっただけなのに」女はすっかり怯えきった表情でアキラを見た。

「君のせいじゃないさ。こいつ、けがをしてるんだ」アキラはスプーキーを抱きあげ、待合室のベンチまで運んでいった。チケット売り場までもどると、さっきの女が窓口の手前で手招きしている。

「早く早く、順番取っておいたわ。どこへいくの」

「シカゴだ」

女は札束のごっそり入った財布から100ドル札を3枚抜き出す。手のひらにケロイド状の火傷痕が見えた。

「じゃ、シカゴ行きを3枚」

第2章　迷える小羊たち

Stray sheeps

合成着色料、保存料は一切ふくまれておりません

1

浅い眠りから覚めると、見知らぬ女がそこにいる。剃りあげられた頭、目の下に描かれたシャドウ、娼婦のような黒いラメのドレスを着て、じっとこっちを見つめている。飛びすさるハイウェイランプを背景に車窓に映し出された女は、いじめられっ子の中学生アイヴォンではなく、生まれたばかりの「エッグ」だった。

ふと、見覚えのないシャツを着ていることに気づいた。豹柄のプリントされたポリエステルシャツだ。効きすぎた冷房で車内は冷えきっている。腹巻き程度のラメドレスでは風邪をひいていただろう。意識が活動しだすにつれ、シャツの持ち主を思い出した。あの東洋人が腰に巻いていたものだ。わたしが寝ているあいだにかけてくれたんだ。

胸がちょっとだけ、ちゅんと鳴いた。

包帯でぐるぐる巻きにされたクマのぬいぐるみを持ちあげて、声を出さずに会話する。

「ねえモーゼ、行き先なんてどこでもよかったからシカゴにしちゃったけど、友だちなんてひとりもいないし……彼らを誘って豪遊しちゃおうかな。貧乏人につかのまの夢を与えてやるのも悪くないでしょ」

包帯の隙間からモーゼの透きとおった目がにらむ。

「危なっかしいオカマたちにかかわるのはやめたほうがいいよ、アイヴォン。じゃなくてエッグだったな。香港とかに売り飛ばされちゃうかもしれないし、そのシャツだって親切を装った罠かもしれないぞ」エッグは独り芝居をつづけた。

「そうね、わたしのパパやママだって近所じゃ紳士淑女でとおっていたもんね」

ふりかえると、最後部座席にやつらはいた。エッグは私立探偵になりきって、容疑者たちを観察する。のっぽのオカマは電気掃除機《バキューム・クリーナー》みたいないびきをたて、白く乾いたよだれを厚い唇の端に貼りつけている。その太ももを枕に東洋人は体をこごめて眠っていた。まるで赤ちゃんみたいに安心しきった寝顔だった。

「えへっ、モーゼ。あんなまぬけな面した悪人見たことないわ」

エッグは襟元を引き寄せ、麝香《じゃこう》の匂いを嗅いだ。

2

「ウィリー！　見違えるように立派になっちゃって」

妻のすっとんきょうな声が玄関から響いた。

キホーテ氏はシカゴ・トリビューンをサイドテーブルにふせ、車椅子のプッシュリムをあわただしく回転させる。玄関には2人の紳士が立っていた。

「ウィリアムと呼びなさい」誇らしい息子の姿に妻をたしなめた。

「ひさしぶりだねダディー。エグゼクティブ・マネージャーに推薦されたんで、忙しくなるまえにやっとバケーションを取れたんだ。貿易会社なんて軍隊と同じでねえ、ほんと自由がきかないよ。おっと、こちらは取引先の日本商社で製品管理を任されているミスター・オーシマだ。単身赴任できたばかりなんで、ゆっくりと休暇を過ごせるところもないんだよ」

「あなたのような名誉ある軍人にお会いできたことを神に感謝します。ミスター・キホーテ」

日本人商社マンは気をつけの姿勢から頭をぴったり45度に下げた。立川の基地に滞在したこともあるキホーテ氏はこの挨拶が目上の者に対する尊敬を表していることを知っていた。経済大国アメリカに貿易赤字を抱えさせた国だけのことはある。キホーテ氏は、訓練のゆきとどいた礼儀正しさに感服した。

「彼はシェラトンにリザーブしてるんだけど、アメリカの家庭の良さを知ってほしくて招待したんだ」

キホーテ氏は軍人特有の大らかさで歓迎した。直立するミスター・オーシマの痩せた手を握った。

「自分の家だと思ってくつろいでくれたまえ、わしはカミカゼの命令なんぞ下さないからな。あっはっは」キホーテ氏は自分のジョークに脂汗をぬぐうミスター・オーシマを見て大声で笑った。

「退役軍人年金で食っている家庭でよかったら、ぜひうちに泊まってくれたまえ。なにより家内の料理はどんな高級レストランにもひけをとりませんからな」

「まっ、そんなにほめられたら、はりきらなくっちゃ」妻はさっそくキッチンにもどっていった。

「妻や3歳の娘とはなれて半年になります。わたくしが心から求めていたのは、家庭の暖かさなんです」

孤独な単身赴任者が心を開いてくれたようだ。キホーテ氏はミスター・オーシマの痩せた背中をたたいた。

「わしが戦場で切望していたのもまさにそれだよ、君！」

3

「いちばん高級なホテルに連れてってちょうだい」

エッグはタクシーの運転手に高飛車に命令する。

目眩《めまい》がするくらいの高層ビルのまえで降ろされた。天空にそそり立つシェラトンホテルは、父親に見せられた「嘆きの壁」を20個も積みあげたようだ。きっと唇を結び、小さな胸を反らせ、エッグは大理石の床を踏みしめていく。奴隷教育のゆきとどいたレセプションはへりくだった挨拶とは裏腹に、エッグを上から下までスキャンする。

「プレジデントルームをお願い」

現金で支払いを済ませてやった。専用のエレベーターで最上階へとエスコートされ、ヴィクトリア調の家具でしつらえられた部屋にとおされた。3つのベッドルームと2つのリビング、2つのバスルームと書斎や食堂、プライベートプールまでついている。「召使い」に100ドルのチップをわたすと、ぎょっとして立ち去った。

屋外のテラスに出ると、ミシガン湖から吹きつける夏風が心地いい。オレンジ色の光りがヨットハーバーに溶けこみ、広大な湖面には安全水域を示す浮標《ブイ》が紅《あか》く灯っている。ダウンタウンの夜景に息を呑んだ。アメリカ一高いシアーズタワーをはじめとする超高層ビルが放埒に生長し、目映い燐光を散りばめている。巨大都市の夜景は、無数の蛍が求愛し合う熱帯雨林を思わせた。

素っ裸で都会の屋上に君臨するエッグは、痩せっぽちの女神だった。

両腕をVの字にあげ、頭から飛びこんだ。空中湖の水面が裂け、水しぶきが勢いよく立ちあがる。照明が青いタイルの底を照らし、DNA螺旋にも似た光線がプールの底でからみ合っている。体を反転させ、スモッグにかき消された星を探した。充血した三日月が夜空に傷口をさらしている。エッグは水中で大きく足を開いて性器をなぞった。つるんと中指をくわえこみ、貝類とそっくりな襞で飾られている。人間の女性器がひどく無防備なものに思える。世界中に満ちあふれるどんな悪意にも傷つかない硬い貝殻が欲しいと願った。

あいつらは乙女心を傷つけた。

グレイハウンドのバスディーポで、東洋人にシャツを返した。香港に身売りされるどころか「ああ」と一言、オカマたちは去っていった。

重力から解き放された水面に浮かび、「オカマたちの刑罰」を思い描く。

3000ボルトの電極をやつらのケツに挿し、キスした瞬間に成仏ってのはどうかしら。

一対の銅像と化した恋人たちは、ガタガタと踊りだし、失禁、脱糞、吐血、100度に沸騰した血液は深紅に光り、全身の60パーセントを占める水分が音を立てて蒸発する。肉が焼ける臭いを嗅ぎたくないので、15秒ほど高圧入電後、500ボルトに下げる。わたしは看護婦の衣装をつけて脈を取る。1分間に120もあった脈が急激に弱まり、3分後には消える。死をたしかなものにするために、3秒間だけ電流を流し、遺体を無視してわたしは立ち去る。

塩素消毒されたプライベートプールの水は、やりきれない孤独の味がした。

4

ふたりは部屋に入るなり顔を見合わせた。

「うっ」マグマのごとく笑いが突きあげてくる。

「ミスター・オーシマ、あんたの演技はアカデミー賞もんだわ」

音を漏らさぬよう、馬の嘶《いなな》きにも似たひきつり声をあげる。

「ウィリアム王子様、たしかにおまえは麻薬売りのエグゼクティヴ・マネージャーだ」

スプーキーがボディーブローを喰らったボクサーさながら床に転がり、アキラはカウントをとるレフリーさながらマットレスをたたきつづける。

「痛っ、痛っ、痛っ、笑うと骨に響くんだから」

アキラは蝶ネクタイを脱ぎ捨て、全裸になった。

思い起こせば、スプーキーの取った行動は無駄がない。バスディーポに到着するなり、なにか言いたそうなスキンヘッドの女を残して救世軍《ザ・サルベーション・アーミー》にむかった。そこにはバザーなどで寄付された服から家具まで、あらゆる中古品がそろっている。スプーキーは上下グレーのサマースーツとレジメンタルタイ、アキラにはブルーのストライプが入ったシアサッカー生地のジャケット、パンツから靴まで、バカみたいに安い値段で手に入れた。それまで着ていた服はすべて厳めしいトランクに放りこみ、鍵をかける。

「いいこと、今からあたしは男よ。少なくとも両親のまえではね」

スプーキーが宣言した。

「ああ《イエス》、わかったよ」

「ああ、じゃないでしょ。イエスのあとにサーをつけるのよ！」

床屋に入ると、スプーキーはオレの髪型まで勝手に注文しやがった。ボーイスカウトまがいのクルーカットだ。スプーキーは髪と眉を黒に染め、陸軍将校みたいに変身した。こうしてみると、スプーキーもなかなかの男前だ。こんなにもやすやすと性別を乗り越えてゆくスプーキーを見ていると、男も女もオカマもレズも、性差《ジェンダー》なんてただの共同幻想《コモン・イリュージョン》に思えてきた。

5

グアッシャーン！

ブリキでできたゴミ箱のふたがアスファルトにたたきつけられる音にふりかえる。髪を3つ編みにした老人がゴミ箱ごと倒れているではないか。コカ・コーラの空き缶や食べかけのホットドッグ、フライドポテト、新聞紙などが散乱し、老人は意識を失っていた。黄色いペンキの剥げかけたフォードのピックアップ・トラックから長髪の男が弾き出る。

「だ、誰か手伝ってください」叫んだ男と、エッグは目が合ってしまった。

「この老人がふらふらと飛び出してきたんです。すぐ病院に運ばなきゃ。ぼくの車に乗せるのを手伝ってください」

エッグは残酷なことを平気でやるくせに、人の不幸を黙って見過ごせない性格だ。老人のわきの下から体を入れ、ふたりで力を合わせて抱き起こす。老人の喉元には手術でできたような深い傷痕があった。通行人はわたしたちを訝《いぶか》しげに見るものの、誰も助けてはくれない。老人は口の端から赤いものを垂らし、何度も崩れ落ちそうになる。わずか3メートルくらいの距離を運ぶのに5分もかかった。助手席に担ぎあげ、ドアを閉める。

「あなたに神のお恵がありますように《ゴッド・ブレス・ユー》」男はエッグの両手をぎゅっと握る。

「じゃあ、一刻を争うので失礼」雷色のピックアップ・トラックは、名残りっ屁のような排気ガスを噴きかけて走り去った。

人助けというのは、助けたほうまで幸せな気持ちにしてくれる。性善説などはなっから信じなかったエッグでさえ、新しい自分に出会えたような気になってくる。

「人間っていいなあ」そうつぶやいて、ひとりで赤くなった。

自分自身へのご褒美として、一度も食べたことのない料理に挑戦した。「UTAMARO」という名のレストランは、ランチタイムのビジネスマンでごったがえしていた。なんと店の中央にベルトコンベアーがあって、その上を丸い皿にのった未確認飛行物体《UFO》が運ばれていく。白い漆喰の壁にかけられた絵は、波のむこうに見える雪山や、バスローブみたいな服をまとった女がシャボン玉を吹く姿などが描かれている。

連れのいないエッグはカウンターに案内され、うすいクッションのスツールに座った。なにもわからないのできょとんとしていると、細長いビニールバッグがおかれる。どんな食べ物かと破ると、湯気のたったタオルが出てきた。「顔を洗って出直せ」という意味なのか。化粧を落とすのがいやなので、汗ばんだわきの下を拭いた。「あぢっ《ouch》！」と叫ぶと、紺色の布を巻いたウェイトレスがやってきて、象形文字がびっしり刻まれたカップに緑色の粉を入れた。なんだこれは、新種のドラッグか。カウンターについているサーバーに押し当てるとお湯がそそがれる。そのあとに注射器が出てくるんじゃないかとビビっていたら、「飲め」という。風邪薬みたいな苦さに思わず咳きこむ。

ウェイトレスはかまうことなく、小さな皿を2枚並べ、幅広いピンセットでピンク色のスライスをごそっとつまんだ。紙のケースに入った白木の棒をわたされ「食え」という。真ん中の切れこみを引っ張り、はさんで食べた。うおおお、なんだこの強烈な痺れは。濃縮されたジンジャエールのような味だった。もうひとつの小皿には重油のような黒い液体がそそがれる。これを飲もうとしたらあわてて止められる。ベルトコンベアーにのって運ばれる物品をディップするらしい。生肉みたいなものや黄色いゲロみたいなものや赤い錠剤みたいなものや黒い紙に巻かれたライスがのっている。とりあえず安全そうな長方形のグミがのったものを選んだ。それを2本に割った棒でつかんで、黒い重油につけて食う。となりのアメリカ人たちがおいしそうに食っているので、グミ・ライスをほおばった。甘くないどころか舌先に化学兵器が投下され、鼻腔粘膜がじぃーんと痺れていく。気がつくとエッグは泣いていた。なんで高いお金を払ってイジメられなくちゃならないのだ。これは新種のドラッグか、味覚のSMプレイなのか。

「こ、これはなんですか」

中風のように手を動かすスシ・マンに訊いてみた。

「まぐろ《tuna》だよ」

やはりグミじゃなかった。しかもこの魚は生じゃないか。生魚を食うなんて野蛮人だ。魚はやめて、黒い紙に巻かれた黄色いケーキを取る。なんだこの腐った魚市場みたいな味は。

「ウニ《sea urchin roe》だよ」

スシ・マンに見えないよう紙ナプキンにくるんで吐き捨てた。しょうがない、ヌードルなら安全だろう。

「それはクラゲ《medusa》だよ」

口からヌードルを垂らしたまま固まった。東洋の野蛮人たちは、見るものを石に変えるメドゥーサまでも食するというのか。3歳のとき、8月のコニーアイランドでわたしの足を刺した火星人を食べてしまったかと思うと、胃酸が滲んでくる。あのときは三日三晩高熱に浮かされ、地球侵略の最初の犠牲者となった自分を嘆いたものだ。

エッグは味覚のSMプレイに降参し、しょんぼりとレジにむかった。肩掛けのポーチから財布を出そうとしたとたん、穴に気づいた。

……ない。

中国製の絹で刺繍された黒いポーチの底は、剃刀で切り裂かれていた。レジスターをたく日本人オーナーのまえで、エッグは硬直した。

人間愛、親切、善意、人情、信頼、道徳、倫理、救済。

あらゆるポジティブな言葉がロケット花火のごとく粉砕した。全身の毛穴が隆起し、臨戦態勢をとる。「13ドル50セントになります」という言葉を無視して、つかつかと自動ドアに歩み寄る。ダアッシュ！　無我夢中で走った。日本人オーナーは中年とは思えない持久力で追いかけてくる。なんでわたしが、こんな目に遭わなくちゃなんないんだろう。あのとき以外にはない。3つ編みの老人は、褐色の肌といい、張り出した頬骨といい、明らかにインディアンだ。そういえば男も、同じ肌の色をしていた。あのふたりは最初からグルだったのだ。

ホテルに駆けこんだときには、追跡者はいなかった。わずか13ドルも払えない食い逃げ犯が、どうしてプレジデントルームに泊まれるだろう。

「なんとしてもあいつらを捕まえて、お金を取りかえさなきゃ。ねえモーゼ、聞いてちょうだい」

ぬいぐるみを勢いよく引っ張り出したときに引っかかった金属の塊が、床に硬い音を立てた。

「クソ忌々しい神《Goddamn》め、こんなものがあったなんて忘れていたわ。ねえモーゼ、こいつを使えっていうのね」

シルバーメタルに底光りするワルサーPPKを、エッグは鏡にむかってかまえた。

6

「慈しみ深き我らが主よ、愛する妻と誇るべき息子とすばらしき東洋の客人を招いて……」

敬虔なカソリック教徒であるキホーテ氏の祈りがとぎれ、長い沈黙が訪れる。アキラは薄目を開けてがっしりとした体格をもつ黒人紳士を盗み見た。奇妙なのは、部屋じゅうの家具などに小さなメモが貼りつけられている。たとえば壁掛け時計の下には「名称　時計。用途　時間を計るもの」。カレンダーには「名称　カレンダー。用途　日にちや曜日を見るもの」などだ。ミセス・キホーテが夫に耳打ちした。

「おっ、そうだったな。ともに晩餐をいただけますことに感謝します、アーメン」

「さあ、どんどん召しあがってちょうだい。キューバの家庭料理よ」

でっぷりと太ったミセス・キホーテが快活に料理を取り分ける。揚げたての青バナナは砂糖ではなく塩胡椒がまぶしてある。外側がパリッとしていて、噛むとクリーミーな甘みが広がる。豚肉のフライにライムをたっぷりかけてほおばる。主食は黒豆入りご飯だ。

「うわあ、なつかしいなあ。これって日本にもあるんですよ。赤い小豆入りのご飯は娘の初潮がはじまったときや祝い事のときに出されますが、黒豆のご飯は葬式のときに出されるんです」

「葬式？」キホーテ氏がフォークを止めた。スプーキーもテーブルの下で足を蹴っ飛ばしてしまった。

「いや、遠い昔の風習ですよ。ところでどうしていろんな物にメモが貼ってあるんですか？」

また沈黙が流れた。まずいことを訊いてしまったらしい。

「主人のせいじゃないんですよ。みんな戦争が悪いんです」陽気だったミセス・キホーテが急にしゃくりあげる。

「おまえは黙ってなさい。ごらんのとおり、わしはクレイモア地雷で足を吹っ飛ばされたが、ベトナム戦争はわしの記憶まで吹っ飛ばしてしまったんだよ。昔のことはよく覚えているが、日常の記憶がふっと途切れることがある。おととい も、タバコを買いに行ったきり3時間も近所で迷子になるし、オレンジジュースを取ってきてと妻にたのまれ、テレビを分解していたこともある。幸いテレビは無事だったがな」

キホーテ氏は遠い目をして、再選に賭けるレーガン大統領の演説を見つめた。スプーキーがやにわに立ちあがり、うしろから父親を抱きしめる。なんか石鹸会社がスポンサーにつく安っぽい家族ドラマを見ているみたいだ。

「パパ、忘れちゃっていいのよ！　テレビもオレンジジュースも、花や虫だって自分たちの名前を知らないわ。だって名前なんて人間が勝手につけた記号なんですもの」

キホーテ氏はぎょっとした顔で女言葉を使う息子をふりかえった。

「おまえ、また悪い病気が出たらしいな」

「ちょ、ちょっとふざけただけだよ、ダディー。せっかくのママの手料理が冷めちゃうじゃないか」

スプーキーは母親を喜ばせようと、旺盛な食欲で料理をかきこむ。フォークを握るアキラの手には冷たい汗が滲み、くしゃみと鼻水がやたらと出る。本当にすばらしい料理だったが、半人前をたいらげるのがやっとだ。

「すいません、ただでさえ日本人は小食なのに、夏風邪をひいているんです」

ミセス・キホーテが淹れてくれた熱々のホットチョコレートをすすりながらも、悪寒が走る。

いよいよ禁断症状のはじまりだ。

7

生理用の黒いナイロンパンティーに小型拳銃を忍ばせて、エッグは夜のダウンタウンを徘徊した。

ホワイトソックスのナイトゲームに沸く肉体労働者のバー、時代遅れのパンクスがケンカするライヴハウス、観光客が団体でくるジャズクラブ、人が集まりそうなところは全部まわったが、この大都会で犯人を見つけることなど不可能に近い。何度も娼婦にまちがえられ、いやな思いをした。なんといってもエッグは、15歳の処女なのだから。

アフターアワーズ・クラブで典型的なヤッピーが話しかけてきたときには、疲れが極限に達していた。いくらハンサムな若者だろうと、セックスはおろか男にも興味はない。

「君にはヨーロピアン・デカダンスの匂いがするよ」

ヤッピーはポール・スミスのコットンセーターをかけてくれた。豹柄のポリエステルシャツよりも100倍センスがいい。タクシーに乗せられ、洗練されたシティホテルのまえで降りた。

「さあ、休んだほうがいい」

ヤッピーはエレベーターのなかでエッグの肩に手をまわした。振り払う元気さえない。処女を見知らぬ男に奪われようが、どうでもいいことだ。

ガッチャ。

男が後ろ手に閉めたドアの音に、突然恐怖が目覚めた。

ドアにむかって駆け出したが腕をつかまれる。振りほどこうともがくたびに、手首のうすい皮膚が螺旋状に絞られる。

「おとなしくしろ、このビッチ！」

平手打ちにベットへ倒れこむ。男という動物は、必ず最後には暴力に訴えてくる。古代からつづくこの習性は、もう救いようがない。

下腹部に硬い物を発見した。

子宮にごつごつくる異物、男根を模して男たちが造りあげたピストルだ。

ベッドから上半身を起こし、男の目を見つめながら黒ラメのスカートを持ちあげていく。

「そうだ、そうこなくっちゃ」

ヤッピーはエッグの豹変に、ぬらぬら光った舌で上唇を舐めた。ストリッパーのごとく片足を高々と伸ばし、右手をパンティーにすべりこませる。

「ケチャップになりたい？」

小型拳銃を両手で握り、男の鼻先に突きつける。

「ま、待ってくれっ」

両腕をあげたまま後ずさりしていった男は、繊毛虫みたいなペイズリー柄の壁に突き当たってへたりこむ。

「ぼ、僕が悪かった。どうか許してくれ、許してくれよう」

完全に戦意を喪失した男の鼻の穴にむりやり銃口をねじこんだ。

「強姦未遂罪の罰金をいただくわよ」

安全装置をはずす冷たい音がかすかに天井から反響する。

言い訳する必要なんかなかった。ヤッピーはラルフローレンのチノパンに黒い染みをつけて失神していたからだ。ヴァレンティノの財布から抜き取った８００ドルのほかに、油紙の袋に入った粉末もあった。指先につけて舐めてみると、コカインよりずっと苦い味がした。

ホテルを出ると、新たな夜明けがはじまっていた。エッグは無性に水が恋しかった。暗い路地を走り抜けてミシガン湖を目指す。大理石でできたバッキンガム噴水越しに、ヨットのマストが揺れていた。グラント公園からふりかえるダウンタウンの夜景に太陽がゆっくりと浸透圧をかける。我先に天にとどこうと競い合う高層ビル群が、男たちの哀しい性器に見えた。

8

「ここはあんたらみたいな、お堅い人《スクエア》はお断りだ」

薄暗い倉庫街にある鋼鉄扉に、背は低いががっしりとしたドアマンが立ちはだかった。背広を着た紳士は苦笑いすると、ドアマンのレザーベストの襟に両手をかけ一気に引きちぎる。戸惑う彼の乳首にむしゃぶりついた。ねっとりと舌先でこねあげてやる。

「こ、この舌づかいは……スプーキー！」

「ジョー、昔のパートナーも忘れるようじゃ、あんたも焼きがまわったわね」

扉からリズムマシーンの音が噴出してきた。鉄骨が剥き出しになった高い天井、コンクリート張りの床、巨大なビデオ・スクリーンと宇宙船を思わせるレーザーライト。しばらくこないうちに雰囲気が変わっている。DJはただ曲をかけるだけじゃなく、2台のプレーヤーにのせた2枚の12インチ・ディスクをいじくりながら、曲を切り刻み《カットアップ》、割りこませ《カットイン》、ループさせる。安っぽいアナログシンセサイザーをバックにJ・M・シルクのソウルフルなボーカルがからみつく。

「おまえの体を乗っ取るぞ《jack your body》、おまえの体を乗っ取るぞ《jack your body》」

ここはもう黒人だけのゲイクラブじゃない。白人男はもちろん、奇抜なファッションで着飾った女たちも踊り狂っている。女装オカマはドラッグクイーンに進化し、男っぽさを売るハードゲイたちが幅をきかせている。尻を剥き出したままカウボーイ《ガウチョ》の腿あてを身につけるゲイ。頭からつま先までをボンテージ・ラバーで覆いながら、目、口、乳首、性器、尻など、セックスに必要なところだけを出しているマゾ男。ナチス親衛隊の帽子に黒いラバーの下着で鞭を持ち歩くサド女。迷彩模様のスキャンティに防毒マスクをかぶる男。乳首に星のシールを貼り、股間にプラスチック模型のシアーズタワーを揺らす女。真っ白い羽を背負い、頭上の丸い蛍光灯を腰に巻いた電池で光らせる少年。

「そいつをつかまえてくれ！」

アヒルが足元を走り抜ける。鎌を振りあげる髑髏のタトゥーを背にいれた全身を入れ墨で埋め尽くした男が追いかけていく。

「きゃあ、先輩！」

胸に注入したシリコンと、ムカデの大群みたいなつけまつ毛で武装したドラッグクイーンたちが集まってくる。ガードマンのジョーが言いふらしたのだ。せっかくビジネスマンになりすまそうと思っていたのに。

「こんな年下の子見つけちゃってずるーい。東洋人の恋人をもつなんてオシャレねえ。あれっ、この子病気？」

スプーキーはアキラの脂汗をぬぐってやった。いい毒抜きになるなんて言ってたくせに、たった2日ジャンクをぬいただけでこのざまだ。

「スプーキーがきたって本当か！」ミシュランのタイヤ男のように太ったマネージャーが割りこんでくる。

「どこにいる……あっ、こんな変装して驚かすなよ。しかしな、これぞ神の思し召しってもんだ。フィストのキャッチャーが腸捻転起こしちまって運ばれたんだ。たっぷりギャラをはずむから、一丁やってくれないか」

「むりよ、もう4年もステージからはなれてるんですもの」

「やってやって。ブラックホールと呼ばれた直腸アーティストの技をもう一度見たいわ」

まわりがはやし立てるが、悪い気分ではなかった。

ステージではさっきの入れ墨男がアヒル・ファックを演じていた。ワセリンをたっぷりぬったアヒルの肛門に男根をねじこみ前後に揺すっているが、誰の興味も引かない。男は果てる瞬間にアヒルの首をひねり、絞め殺す。こうすると括約筋が閉まり、えも言われぬ快感だという。

……ふん、しょせん安全なお遊びね。

「ひとつだけ条件があるわ。門番のジョーと組ませて。往年のゴールデンコンビ復活よ」

なつかしい楽屋には、すべての用意が整えられていた。ジョーにグリセリンを浣腸してもらい、排便が済むと、女性用の膣内洗浄器で直腸を洗い液状ワセリンを注入した。冷たい異物の感触が、長いブランクを払拭してくれる。念入りに化粧をほどこし、白いスパンコールのドレスを選ぶ。照明によって色が変わるので色つきよりも白が映えること知っていた。そのあいだにジョーは爪を切り、きれいに磨きあげ、左腕をアルコール消毒する。

ジョーに抱きかかえられ、ピンクの羽毛でできたマフラーを振りながらステージに登場した。人々がいっせいにステージまえに殺到する。ひとしきりふたりで踊ったあと、ジョーはクリスコという潤滑剤をわたしの尻と自分の腕にぬりたくった。ベッドや椅子などに腹這いになると腹部を締めつけるので四つん這いになり、ドレスが勢いよくまくりあげられる。ファット・ボーイズのラップに合わせ肛門を話すように開けたり閉めたりすると、会場がどっと笑った。

ジョーは指先をすぼめてゆっくりとしたピストン運動をはじめた。拳《フィスト》がねじりながら分け入り、中手骨《ちゅうしゅこつ》の峠を越える。すっぽりとおさまった拳に、脳内が白く発光し、喘ぎ声が漏れる。あらゆるものを呑みこむブラックホールは、まだまだこんなもんじゃない。ジョーの拳は慎重に時間をかけて腹腔内に侵入してくる。下行結腸をのぼり、胃や膵臓《すいぞう》が押しあげられる感覚でカーブを曲がったのがわかる。ジョーの左腕はもう肘まで埋没してるはずだ。息がつまりそうな鈍い快感が喉元まで突きあげてくる。どんなに苦しくてもいきんではいけない。括約筋を最大限に弛緩させておくことが大切だ。ジョーの手首が迂回し、横行結腸に侵入してくる。あらゆる臓器が圧迫を受け、音を立てて破裂してしまいそうだ。快感は死に近づけば近づくほど増してくる。会場が低くどよめき、拍手の豪雨が降りそそいだ。

ジョーの腕が肩口まで挿入されたのだ。

腕を静かに旋回させながら丁寧にぬいていく。入ってくるときは性的な悦びだが、ぬいていくときはなぜか母性的な歓びを感じる。

ぽすっという音とともに拳が抜けた。ジョーがやさしくあたしを立たせて、ボクシングのチャンピオンみたいに腕をあげる。ジェリー状の潤滑油と混じった便が貼りつく左手で、ジョーはVサインを送った。

鳴りやまぬ拍手のなかから、「アンコール、アンコール」とウェイヴが起こり、「スカル・ファック、スカル・ファック」と高まっていく。スカルとは頭蓋骨、頭を肛門にファックする命がけの芸術だ。

9

エッグは今夜も泥棒を捜していた。

ついでにまたひとり中年じじいをワルサーPPKでカツアゲしてやったあと、変態たちが集まっていそうなクラブに迷いこんだ。

見覚えのある東洋人を見つけた。不似合いな蝶ネクタイを締め、フロアーの片隅でひざを抱えて震えている。

「あんた、だいじょうぶ」

充血した片方の目で見あげられて、電流が走った。バスでシャツをかけてくれた男だった。しかもステージではあのオカマ野郎が拍手を浴びているではないか。

「ああ、たんなるヤク切れだ」東洋人は、わたしの顔を見ようともしない。

「こんなのでよかったら、あげるわ」

きのうヤッピーからぶんどった麻薬のパックを手に握らせたとたん、ステージのオカマと目が合った。憎々しげな視線を無視し、東洋人を肩に担いで椅子に座らせてあげた。

「スカル・ファック、スカル・ファック！」会場はわけのわからぬ盛りあがりを見せる。

「そんなに言うならやってあげるわよ。あのスキンヘッドの娘とならね！」

あいつはこっちを指差し、会場の視線がわたしに降りそそがれる。

いきなり宙に浮いた。

6人もの男たちに大の字に担ぎあげられる。2人が腰と首に肩を当て、4人が両手足を引っ張る。これじゃあ、濡れ衣を着せられたジャンヌ・ダルクだわ。いったいわたしが、なにをしたっていうの！

「やっちまえ、生け贄だ」異常に興奮した観客たちは、飛び跳ねながらシュプレヒコールする。

「スカル・ファック、スカル・ファック！」

エッグは吊り照明に目も眩むステージへと連行された。ピストルを取り出す暇もなく、後ろ手に手錠をかけられる。直径1センチくらいのプラスチックチューブのついたマウスピースを口に突っこまれ、上半身が入る半透明のビニール袋をかぶせられ、液状のワセリンを頭から首までぬられ、屈強のゲイたちに顎の骨と体を固定される。

やめて！　いったいなにが起こるのだろう。わけもわからぬまま上を見あげると、オカマの尻が貪欲な口を開けて迫ってきた。生暖かい締めつけが頭頂部からおりてくる。視界が停電し、鼻が扁平にひしゃげ、あわててマウスピースから息を吸いこむ。つるんと顎骨が呑みこまれると、時間が止まった。ほの赤い闇のなかで、自我が果てしなく縮小されていく。

……殺される。

10

嵐のような拍手に、スプーキーは残忍な笑みを浮かべた。

あたしのアキラに手を出したらどうなるか思い知らせてやるわ。完全に弛緩させておいた括約筋を絞っていく。

ふん、こんな小娘なんかアヒルと同じ運命をたどればいいのよ。腹筋に力を入れ、小娘の首を締めつけた。腹のなかで娘が暴れる。小さな頭で直腸をかきまわされた瞬間、とてつもない快感が閃光となって爆発した。

「ああっ、この子はあたしのもんよう！」

スプーキーは泡状のよだれと大量の精子を垂れ流しながら、昏倒した。

まわりのゲイたちがあわてる。心臓発作で括約筋が締まり、死亡させた例があったからだ。突然ステージに駆けあがってきたアキラがエッグを満身の力で引っ張る。直腸内にもうひとつの脳をもつ４本腕４本足の双生児を引きはがすのだ。

頭がすっぽ抜かれた拍子に3人とも倒れこむ。アキラがビニール袋をむしりとり、マウスピースを投げ捨て、失神したエッグを揺すぶる。

「しっかりしろ、目を覚ますんだ。たのむからスプーキーを殺人者にしないでくれよおう！」

亡霊のごとく身を起こしたスプーキーは、アキラを引き剥がし、エッグの鼻翼を人差し指と親指でつまんだ。

「やめろスプーキー、こいつを殺すんじゃない！」

まとわりつくアキラをふたたび払いのけ、エッグの口に覆いかぶさった。唇から唇へ酸素を吹きこむ。人工呼吸を2度ほどくりかえすと、エッグの胸がゆっくりと上下した。気道が確保されたのだ。

スプーキーは独り言のようにつぶやいた。

「ふん、誰が自分の産んだ卵を殺すもんかい」

11

「ウィリアム、朝帰りとはいいご身分だな。な、なんだこの薄気味悪い娘は!?」

キホーテ氏は、息子のうしろに隠れている坊主頭の女をにらみつけた。

「ダディー、この人は無実の罪から修道院を追われた尼さんなんだよ。しばらくここにおいてくれないかい？」

キホーテ氏が答えるまえに妻が割りこんできて、尼僧を抱きしめる。

「まあ、目の下にくまをつくっちゃって、何日も眠ってないんでしょう。さっ、うちで休んでいってください。なにか暖かいものをつくりますから」

尼僧は、なぜ娼婦のようなラメドレスを着ているのだろう。心持ち腹がふくれているのは、姦通でも犯したのか。むっ、そこはかとない人糞の臭いが漂っているのは、気のせいだろうか。

「この紙っ切れなに？」

尼僧が、ドアにはった「名称　ドア。用途　IN&OUT」を訊ねた。

「ああ、パパは移民したての子どもたちに英語を教えてるんだ」ウィリアムが答えた。

ウィリアムは子どものときから出まかせを言うのが癖だった。

「ふうん、こんなにまでしないと覚えられないなんて、よっぽど頭の悪い子どもたちね」

「なにおう！　口のきき方も知らないとは、おまえのほうが無教養じゃ」キホーテ氏はつい大声を出した。日本人商社マンが駆け寄ってくる。

「まあまあミスター・キホーテ、彼女は精神的に不安定な状態なので、失礼をお許しください」

この男は3日間も同じ服装をしているし、日増しに汚れを増している。いつになったら予約しているシェラトンにもどるのだろう。

「さあさあ、これを召しあがりなさい」

妻は尼僧をキッチンの椅子に座らせ、黒豆の粥をよそった。尼僧は礼ひとつ言わず、貪りつく。神に仕える者のくせに食前の祈りもしないとは。これじゃ、修道院を追い出されて当然だ。

「なにじろじろ見てんのよ。このスケベおやじ」

尼僧がわたしを侮辱する。こんな小娘の挑発にのってはいけない。「怒りのホルモン、ノルアドレナリンは寿命を縮める」と、主治医《ホームドクター》が教えてくれたのだ。

「まだ名前もうかがってないな」せいいっぱいの冷静さをとりもどして訊いた。

「エッグ」

「はいはい、すぐに焼きますからね」妻がキッチンへと走っていった。

誰しも名前は神から授かったものだ。だからウィリアムをウィリーなどと省略してはいかん。ましてや卵などという、ふざけた洗礼名などあるものか。

「君は自分の名前も満足に言えないのか」

「だからエッグだって言ってるでしょう」

だめだ話にならん。これ以上血圧をあげると、脳卒中が起こる可能性もある。キホーテ氏は車椅子用に広く改装したトイレにむかった。ドアを開けたとたん、幻覚を見た。

全裸の日本人商社マンが、腕に注射器を突き刺していたのだ。

あわててドアを閉めて、キッチンにもどる。尼僧が抱えたぬいぐるみに、フラッシュバックが起こった。

おお、アレックス、アレックスではないか。サイゴン市に建てられた戦傷者病院で、アレックスは全身火傷のため包帯でぐるぐる巻きにされていた。滲み出した黄色い膿をすさまじい数の蝿が舐めまわしている。いっしょにカリブの荒波を越えて亡命したアレックス。中学校の野球部で、わしとアレックスはバッテリーを組んでおった。彼の1メートルも縦に落ちるカーブを捕れるキャッチャーはわししかいない。高校選抜の準決勝で、ワンバウンドを後逸したのは計算のうえだ。しかし、つられて突っこんできた三塁ランナーのスパイクがアレックスのアキレス腱を切ったのはわしのせいじゃない。わしのせいじゃない……。今年のカブスが強いのは、アレックスのおかげだ。彼が太陽となってカブスを照らしている。リグレー球場は全米で唯一ナイトゲームをやらない。太陽神の贈り物であるベースボールを水銀灯と人工芝の上でやるとは何事か！　狂っているのはわしではない、やつらなんだ。観客はケチャップのたっぷりかかったホットドッグと、紙コップの縁からあふれる泡だらけのビール、緑の芝に煌めく黄金の光りさえあればいい。この調子でイースタン・ディビジョンの優勝を決めれば、１９６９年に東西２地区制がはじまって以来、はじめての快挙だろう。おお、アレックス、我々カブスファンの友情は20年以上もつづいた。わしは包帯で覆われた親友の顔を見たかった。狂っているのはわしではない、やつらなんだ。三角巾でとめられたバンドを剥がし、無惨な包帯を剥いていく。

「わたしのモーゼに、なにすんのよ」

尼僧が飛びかかってきた。おお、アレックス、アレックス。大切な親友をこんなメス犬《ビッチ》にわたしてなるものか。狂っているのはわしではない、やつらなんだ。キホーテ氏は車椅子で尼僧を突き飛ばしアレックスをもぎ取る。

「あなた、やめてください」

目玉焼きを運んできた妻の、わめき声が聞こえる。こんな無学な飯炊き女に、男同士の崇高な友情などわかるものか。

「返して、返せったら」

悪魔に取り憑かれた尼僧はわしを車椅子ごとひっくりかえす。それでもわしは、アレックスを抱きかかえる。尼僧はスカートをまくりあげる。ふん、色仕掛けになどにのるわしじゃないぞ。

「はなさないと撃つわよ」

なんだ、あれは？

尼僧の小さな手に握られているのは冷徹な殺人機械……ガンだ。

しかも銃口はわしにむけられている。

「きゃああ！　ウィリー、ミスター・オーシマ、助けてちょうだい」

悪夢だ、これは絶対に幻覚にちがいない。狂っているのはわしではない、やつらなんだ。

全裸の日本人商社マンが尼僧に飛びかかり、銃声とともにわしの意識はとぎれた。

12

「出ていって、みんな出ていってちょうだい！」

ママが拳を目にこすりつけて絶叫した。弾丸が命中した蛍光灯から白い粉が降ってくる。

「ママ、愛してるわ」

スプーキーは涙ぐむママにキスする隙に、ポケットから車のキーを抜き取った。

なんだか急にせつなくなる。

あたしが8歳のころ、叔母の葬式があった。妹の死を嘆き悲しむママを元気づけようと、化粧をして叔母のドレスを着た。「あたしよ。あっちの世界からもどってきたの」その姿を見たとたん、ママは泣き叫び、パパに殴られた覚えがある。どうしてあたしは人を悲しませることしかできないんだろう。

裸のアキラにトランクをもたせ、ぬいぐるみの包帯を巻き直すエッグを引っ張り、ガレージに飛びこむ。年代物のビュイック8にみんなを押しこんだ。腹を下したようなエンジン音があがり、ポンコツが目覚めた。まだまだ走れるじゃない。玄関に立ち尽くすママが、小さく小さくなっていく。

「ごめんね、ごめんね」

コーヒー豆のように縮んだママがバックミラーのなかで手を振った。


「もうあたしたちは自由よ。カリフォルニアだろうが、マイアミだろうが、思いのままじゃない。ねえアキラ、どっか行きたいとこってある?」

「お願いだからニューヨークにはもどらないでね」エッグが旧式のハンドルをゴリゴリまわして窓を開ける。

「あんたなんかに訊いてないわ」スプーキーはエッグの頭をぴしゃりと打つと、さらにアクセルを踏みこむ。

全開になった窓からミシガンの夏風が暴れこんできた。

「うん、オレが行きたいのはいつも……ここではないどこかだ」

13

「Stop it !」

エッグが唐突に叫ぶ。

これからダウンタウンを脱出し、自由の旅に出発しようとしたところだ。スプーキーが文句を言おうとしたが、エッグのただならぬ気配に口をつぐむ。

「……まちがいない」

エッグの視線は、反対車線にいる老人に突き刺さったままだ。老人はマクドナルドのケチャップパックをすすり、口のすみから赤いものを垂らした。猛スピードで突進してきたピックアップ・トラックが急ブレーキをかけ、老人はゴミ箱のふたを道路にたたきつけて倒れこむ。

「……まちがいない」

車から長髪の男が飛び出し、まえを歩いていたビジネスマンに助けを求める。男とビジネスマンは老人を支え起こす。そのとき老人の手が、ビジネスマンのポケットから財布を抜き取る。

「……まちがいない。わたしの1万ドルを盗んだのはあいつらよ」

エッグが大音声で呼ばわった。

「ドロボー、そいつら泥棒よ！」

気づいた男がビジネスマンを突き飛ばし、歩けなかったはずの老人が走り出す。エッグはビュイック8を飛び出し、びゅんびゅん通り過ぎる車をものともせず突っ切っていく。

「あいつまだガンをもっていたな」

アキラは全裸なのも忘れて追いかけていく。老人と男はトラックに乗りこみ、あわててドアを閉める。エッグがワルサーを抜き、タイヤではなく、彼らの後頭部の高さにかまえる。

「クソ忌々しい神《goddamn》め、くたばりやがれ！」

幼い指がトリガーを引き絞ろうとしたとき、エッグは宙を飛んだ。アキラに体当たりされたのだ。けたたましいエンジン音があがり、トラックが急発進した。アキラは全力疾走で荷台に飛びつく。必死に駆け出そうとするが、人間の足が車に追いつけるはずがない。スプーキーはまえの信号で強引にUターンを切った。

「エッグ、早く乗りなさい。1万ドルを取りかえすのよ！」

アキラのもつれた足が目の前でバウンドする。それでもアキラは両手をはなさなかった。これじゃあ西部劇で馬に引きまわされる罪人だ。なにかがフロントガラスにぴしゃりと貼りつく。その破片から赤いものが垂れた。スプーキーが乗り出して見ると、剥がれた爪だった。アキラは伸びきった体を跳躍させて、荷台のステップに片足を着地させた。風圧に引っ張られる後ろ足をもどし、荷台に這いあがり、転げこんだ。信号が赤に変わるが、スプーキーは突っこんでいくトラックのあとを追う。

「アキラ、アキラ、アキラ。あたしの命に代えても取りかえしてみせるわ」

14

「おいおい、なんなんだこの原始人は」

長髪の男はハンドルを直線道路に固定したまま、バックミラーを見た。

素っ裸のアキラは荷台と運転席をへだてる窓を蹴りまくっている。

「こいつは、無毛症の娘がわしらを撃とうとしたのを助けてくれた」

老人はコーン・ウィスキーの小瓶をラッパ飲みしながらふりかえった。

「でもね父さん、これじゃ敵か味方かさっぱりわかんないじゃないか。そこらへんに捨てていこう」

「いや、待ちなさい。無毛症の娘といい、この原始人といい、精霊のお使いかもしれない。あの顔を見てごらん、誰かに似てないか」

「ううーん、たしかに見覚えのある顔だけど……」

息子はひび割れたバックミラーを凝視した。

「わかった、『狂った鷲《クレージー・イーグル》』だ！」

「はっはっは、そのとおり。あの東洋人はおまえの死んだ弟にそっくりじゃ」

「まいったな。あいつにちょっと筋肉をつけたら、背格好まで同じだよ」

「おまえの戦士の晴れ着《ウォー・シャート》を貸してやってみろ」

助手席から放られた革袋を、アキラは不思議そうに開ける。鹿のなめし革にビーズの刺繍や髪の毛の房飾りをつけた上着に目を白黒させている。

「いいから、着てみろ」と老人は手まねで合図した。上着をかぶり、腿から足首までを覆う毛皮の脚絆《レギング》を巻き、一枚皮のモカシンをはいた。イヌワシの尾羽のついたビーズの鉢巻きをつけると完成だ。

「できた、できた。こりゃあ、どっから見てもラコタ族の戦士じゃ」老人が拍手を送る。

ルーフのうしろについているバーにつかまって、アキラが立ちあがった。イーグルの尾羽を風になびかせ、誇り高き勇姿を示す。

「あっバカ、チンポコが丸出しじゃねえか!」

老人は爆笑とともにウィスキーを噴き出し、リアガラスを琥珀色のしずくが流れ落ちる。ハンドルを取られた息子はセンターラインを飛び出し、反対車線の路肩に突っこみそうになる。内蔵がよじれるほど笑った。よろけて荷台にへたりこんだアキラまで、つられて笑っている。

「父さん、どうしたんだよ。泣いているじゃないか」

老人は窓からウィスキーを道路にそそぎ、大地を祝福した。

「……息子が、狂った鷲が、もどってきてくれたようじゃ」

15

なかなかアキラを乗せたトラックとの距離が縮まらない。

「素っ裸で泥棒たちのトラックに飛び乗っちゃうなんて、危ないにもほどがあるわ」

エッグはぬいぐるみを抱きながら言った。

「おめえが一番危ねえんだよ！」

スプーキーが、エッグの頭皮をピシャリと打つ。

「ねえエッグ、あんたのピストルって、小さくて、強くて、まるであんたの分身みたいよ。ちょっとあたしにもさわらせて」

エッグは自分自身がほめられているような気になって、ワルサーPPKを差し出した。

「ねえあんた、死ぬのが怖い？」

ウィスコンシン州のミルウォーキーから、マディソンを越すとミシシッピー川に差しかかる。

「ぜんぜん怖くないよ」

エッグはあっけらかんと答えた。

「じゃあ、なにが怖いの」

スプーキーは銃口をエッグにむける。空気が一瞬にしてフリーズした。

「わたしが怖いのは……」

しかしエッグはべつのことに怯えているらしい。

「許すことよ」

ミシシッピー川が午後の陽光に乱反射した。

「わたしを虐げてきたやつらを許したら、生きてる意味なんかないわ」

「あっ、そう」スプーキーは銃口に接吻すると、あっけなく窓のそとに放った。

「あっ、なんてことすんのよ！」

エッグは鉄橋の隙間から王冠のような水しぶきを見た。巨大なミシシッピーの濁流にエッグの守護神が沈んでいく。

「許したくないなら、他人の力をたよらないことね。これでもう、あんたは素っ裸の卵だわ」スプーキーが意地悪く笑った。

大平原《グレートプレーンズ》の消失点まで伸びるインターステート90はミネソタ州からサウスダコタ州に入り、チェリー色のビュイックはひたすら西へと疾走する。ゆるやかな丘陵には紫色の灌木が散らばり、不毛の赤土をあらわにしている。アキラを乗せたトラックが見え隠れし、遠ざかっていく。

「あんたね、真っ昼間のダウンタウンで発砲したら一発で留置場行きよ。まぐれ当たりでもして殺しちゃったら、監獄暮らしじゃない。それをアキラは体を張って助けてあげたんでしょ」

エッグは、アキラに突き飛ばされたことをまだ根にもっている。ピストルは脅しにしかすぎないし、ほんとうに人を殺そうと思ったことなんて一度もない。

「なによ、あんたなんて、ケツでわたしを絞め殺そうとしたくせに」

「それを救ってくれたのもアキラじゃない。あたしのまえでアキラを悪く言ったら、可愛いお尻にスカッドミサイルをぶちこむわよ」

ハゴロモカラスが、ハイウェイ沿いに捨てられたアルメニア・サンドイッチの硬い生地をつついている。お腹がへって死にそうだ。もう8時間以上も走りつづけている。

「ねえ、あきらめましょうよ。きっとどっかの町でおりちゃったのよ」

「なんなら、あんただけおろしてあげるわよ」スプーキーは頑として受けつけない。

手足を上にむけたチキンの丸焼きの看板に生唾を飲む。大きなカウボーイ人形の投げ縄に引っかかってドライブインに引きずりこまれたいと本気で思った。青空が脱色され、暖色の粒子へと変化しはじめている。あと1時間もすれば大平原をインディゴブルーが覆うだろう。

「ねえスプーキー、あの黄色いの？」

直線道路の彼方に点が見えた。スプーキーが加速していくと、見覚えのあるピックアップ・トラックが像を結んでくる。この車は50年代製のオンボロだが、V8エンジンの馬力はすごい。コラムシフトをぐいと引き、180キロで追いあげる。やっと肉眼で荷台がとらえられるようになった。幾何学模様の毛布にくるまり、羽飾りをつけたインディアンが眠っている。

「ちがうわ」

スプーキーは蒼白になった唇を震わせている。そのときだ、荷台のインディアンが寝返りをうった。

「アキラ！」

スプーキーがクラクションを鳴らしまくる。アキラがゆっくりと顔をあげ、スプーキーたちに気づいた。

「アーキラァーー、今助けにいくよおお」

エッグは窓から身を乗り出して叫ぶ。

「スプーキーなにしてるのよ。もっとスピードをあげてよ」

ところが車はどんどん減速していく。

「そ、それが、Eなのよ。ガソリンが空っぽ《エンプティー》になっちゃったの」

オンボロのビュイック8は情けないすかしっ屁とともに、大平原のど真ん中で事切れる。

そのとき遠ざかるトラックからパラシュートのようなものが宙に広がった。

16

「おまえの力を貸してくれ」

老人の声が夢と現実の隙間に響いた。アキラが目を覚ますと、夜の商店街に車が停められている。5、6軒先のバー以外、ネオンも看板の明かりも消えた小さな町だ。

「荷物を積むんだ」

クロームイエローの街灯に老人の顔が浮かびあがる。ひたいには運河のように深いしわが刻まれ、張り出した頬骨は東洋の哲学者を思わせた。喉元の傷が、ひどく嗄《しわが》れた声の原因だろう。

「泥棒の手伝いなんてやだよ」

必死に怒りを呼びもどそうとするのだが、現実感がともなわない。荷台から飛び降りたとき、つま先に痛みが走った。

「おまえらが、エッグの金をだまし盗《と》ったんだろう?」

老人は目敏くモカシンに染みた血痕を見つけ、アキラの足元にひざまずく。白髪の3つ編みが日焼けした首筋に垂れている。

「爪が剥がれておるな」

左足の人差し指に血が凝固していた。老人は木綿の袋から乾燥した草の葉を取り出し、咀嚼し、粘った唾液とともにアキラの傷痕にぬった。うす汚いバンダナを3センチほどの幅に口で裂き、巻きつける。

「おい、エッグの金を……」

スプーキーの父親にぬいぐるみを取られたくらいで銃口をむけるエッグを思い出し、自信がなくなってきた。あの頭のおかしい小娘の話と、かいがいしく手当してくれる老人と、どっちを信じればいいんだろう。

アキラはチンドン屋みたいな衣装を着たままだ。とにかく荷台で風に吹かれていると真夏でも寒い。汗の臭いが染みこんだインディアンの服は暖かいだけでなく、なぜか肌にぴったりきた。

　うらさびれた商店街のシャッターが開き、窃盗犯である長髪の男が、抱えた段ボール箱をアキラにわたす。

「おまえはエッグの1万ドルを……」

　アキラの話などまったく無視して、指示する。

「なるべく奥から積んでくれ。2段に重ねると吹っ飛んじまうからな」

　荷台の積みこみ口をおろし、わたされるがままに段ボール箱を積んでいく。窃盗団の一員にさせられてしまった自分が情けなかった。

17

　徐行した車がふたりの姿をとらえたとたん、ふたたび加速して通り過ぎる。そんなのが3回もつづいた。

「このハゲ！　女のくせに、もうちょっとまともなかっこうできないの！」

　スプーキーはヒステリックな裏声をあげた。

「それはこっちのセリフよ。190センチもある大男が造花のついた帽子をかぶっていたら、気味悪がって停めてくれないわ」

　ハイウェイの両側にはすえた臭いのする湿地帯が広がっていて、葦のあいだを玉虫色の鴨が浅瀬に浮いている。小型のブヨやでっぷりと太ったメスの蚊がひさびさの御馳走を見逃すわけはない。払っても払っても黒雲のごとくまとわりついてくる。

「お腹がへったよう」エッグは剥き出しの肩を抱えて震えている。

「誰のせいでこんな目に遭ってるのよ！」

スプーキーはエッグの横っ面を思いっきり張り飛ばした。エッグが路肩の砂利の上に崩れ落ちる。やり場のない虚しさを弾きかえしてほしかった。嗚咽する小さな娘の背中を抱きしめたい衝動を抑える。その感情があんまり激しく突きあげてくるので、うずくまる後頭部を蹴った。

「めそめそしてどうなるの、いつまでも子どもじゃいられないのよ！」

スプーキーはこの言葉が気に入った。自分が母親にでもなったような気がしてくる。なにか母性をくすぐるものがある。

泥棒たちが放った物を見にいった。それはパラシュートではなく、鳥のデザインがほどこされた2枚の毛布とバンダナにくるまれたコーン・ブレッドの塊だった。

「ふん、ずいぶんと親切な泥棒ですこと」スプーキーは、それがアキラの無事につながることを祈った。

毛布を巻きつけたエッグはますます尼僧じみて見える。メープルシロップが染みこんだコーン・ブレッドに貪りつく姿は、狼に育てられた少年みたいだ。

「さあ、暗くならないうちに枯れ枝を集めるの」

ブルックリンとマンハッタンしか知らないエッグは、はじめて地平線に沈む夕日を見た。

陸地から消えた太陽は、茜色の空を新品のジーンズ色にぬっていく。

枝の内側につめた枯れ草にスプーキーが点火する。何度も失敗し、ようやく燃えあがった。

「なにいつまでも、いじけてんのよ。もう怒ってないからこっちへきなさい」

エッグは火が嫌いだ。

スプーキーが悪いやつじゃないのはわかってる。ただわたしは火が嫌なだけなのだ。5メートルもはなれたところでひざを抱える。中北部の平原は日没とともに急に冷えこむ。スキンヘッドがこんなに寒いものだとは知らなかった。しかたなく3メートルほどの距離に移動した。

「それじゃ変わんないわよ、もっと近くにきなさい」

スプーキーがむりやりエッグの手を引っ張って、焚き火のそばに座らせる。

ぎゅうっとモーゼを抱きしめた。モーゼ、あなたのせいじゃないのよ、ダディーのことは全部わたしのせいなの。

忌々しい炎のなかにダディーの笑顔が浮かびあがる。

世界一やさしいダディー、誰よりもわたしを愛してくれたダディー。

あのとき、わたしはまだ5歳だった。耐えがたい息苦しさに目覚めたわたしは、灰色の煙のあいだから天井を這う炎を見た。得体の知れないモンスターが赤い舌をせわしなく動かして子ども部屋をなめつくそうとしている。蹴り破られたドアからパジャマ姿のダディーが飛びこんできて、わたしを抱える。

もうだいじょうぶだ、ダディーさえいれば、どんなモンスターだってやっつけてくれる。

煙の迷路を突っ走り、地響きをたてて駆けおりる。燃えあがった手すりから伸びた舌がダディーの足にからみつき、片方のスリッパを奪う。ダディーはエンドゾーンへ疾走するクォーターバックよりも勇敢にわたしを守った。玄関のラインを割り前庭の芝生にタッチダウンしたとき、マムは泣いて喜んだ。

「わたしのアイヴォン、よかったわねえ、よかったわねえ」実際マムはこのときまで、聖母のような人だった。

わたしは、忘れ物に気づいた。去年のクリスマスに贈ってもらったモーゼを忘れてきたのだ！

モーゼとわたしは1年越しの恋だった。ダディーと歩いているとき、ブルーミングデールズのショーウィンドウで、スポットライトに両手を広げるモーゼを見つけた。わたしはそのまえを30分も動かなかったそうだ。

「この熊のぬいぐるみは、アイヴォン姫を待ち焦がれる王子様だな」

14丁目で売られているぬいぐるみの20倍の値段だ。砂糖工場のボイラー技師として働くダディーは、クリスマスまでにお金を貯める決心をした。

赤いサテンのリボンをほどき、包装紙を破ったときの感激は5歳ながらも覚えている。ハート型のペンダントにはダディーの繊細な文字で「モーゼ」と書きこまれていた。

「ダディーたいへん、モーゼをたちゅけて！」

わたしはマムの腕のなかで泣きじゃくった。ダディーはなにか言いかけたが、ふたたびモンスターの口のなかへ突進していった。玄関や窓から煙を吐き出し、炎が屋根にまで達していた。２階の窓が割れ、黒い塊が降ってきた。芝生にバウンドするモーゼを拾いあげる。ジュッといやな臭いをたてて焦げたアクリル繊維が手のひらに貼りついた。

わたしとモーゼが溶け合ったのだ。

黄金の毛は真っ黒に縮れ、ガラスの瞳が煤でくもっていた。

満面の笑顔で玄関から飛び出してくるダディーを待った。

待った、
待った、
待った。

今でもわたしはモーゼを抱いて、ダディーの帰りを待ちつづけている。

18

「しっ、音を立てるな」

この軽さからして、ブツは麻薬や銃ではない。アキラは長髪の男に肩車され、塀を乗り越える。そこは小さな運動場がある学校のような建物だった。

「いいか、正面玄関の右手からまわりこむと、中庭に出る。そこにこれを3つおいてきてくれ」

やつらは安全圏にいて、危ない仕事をオレに任せるつもりだ。べつに悪党たちを手伝う義務なんてないんだけど、「できるか？」と訊いた老人の目にうなずいてしまった。なにか勇気を試されているような気がしたからだ。

塀の外側からわたされた段ボール箱を3段に積みあげると、まえが見えない。よろよろと運動場を横切り、コンクリート造りの平屋を迂回する。建物の内部には明かりがついていて、正面玄関の時計ではまだ9時をまわったころだった。このような公共施設を密輸物資の中継基地に使うのは抜け道かもしれない。しかし中庭の中央というのは大胆すぎやしないか。さまざまな疑念が頭をよぎり、緊張と恐怖に汗だくになる。段ボール箱を下ろし、ほっと一息ついたとき、背後にくすくす笑いを聞いた。ふりかえった瞬間、子どもたちが飛びかかってくる。

「つかまえた!」

腕にからみつく小学生を払ったとたん、ひざの内側にタックルした中学生に倒される。したたか顎を打った。起きあがろうとする背中に絨毯爆撃を仕掛けてくる。やっとのことで顔を横にむけると、宿舎からあふれ出てきた子どもたちが段ボール箱をむしり開けているではないか。オレは捕虜の絶望を噛みしめながら、ブツが爆弾でないことを祈る。

歓声があがった。

ひとつの段ボールからは防水加工した三角テント《ティピ》の布地が、ひとつの段ボールからはたくさんのインディアン毛布が、最後の段ボールからは、ペイントされたバッファローの頭蓋骨、直径50センチもある牛革の太鼓、羽飾りの帽子、ビーズの鉢巻き、蜘蛛の巣を模したドリーム・キャッチャーなどがつめこまれていた。

子どもたちはそれらを奪い合いながらはしゃいでいた。走り出てきた職員をかわして逃げる。

自分がなにをやっているのか、わからなかった。窃盗団がサンタクロースになり、ブッが子どもたちへのプレゼントとなる。やっとのことで塀を乗り越え、ピックアップ・トラックに乗りこむ。荷台ではなく、せまい助手席へ招き入れられた。運動場を追いかけてくる子どもたちを振り切り、発車した。ウィスキー臭い息を吹きかけながら、老人は上機嫌だ。

「大平原を馬に跨《またが》ってバッファローを追いかけていた祖先たちはな、与え尽く《ギヴ・アウェイ》すことを知っておった。しとめたバッファローの肉を気前良く村人に分け与えるんだ。狩りに出られない老人も、体の不自由な者も、夫を亡くした女も、さっきのような孤児たちも、みんな平等に生きていかねばならん」

「だって盗んだ金でしょう？」

「馬泥棒は勇者の証じゃ。ラコタ族の戦は敵を殺すためのものじゃない。多くの馬を略奪し、勇気を証明するためのものじゃ」

じじいの無茶苦茶な理屈に頭が混乱する。エッグがプライベートプールつきのホテルで散財してしまうのと、子どもたちに贈り物をするのと、どっちがいいのだろう。

「これで今日からおまえも勇者の仲間だ。わしの名は『死からもどった梟《カムバック・アウル》』だ」鉄鉱石のごとく頑健な手を握った。

「おれは『盗むヤマアラシ《スティーリング・ポキュパイン》』という。ヴィジョン・クエストでつけられた名前だ」息子が言った。

「ヴィジョン・クエスト？」

「ああ、人生のヴィジョンを探す儀式じゃ。おまえも新しい名前を授からなければならない。さっそく明日からはじめるか」

アキラはわけのわからないままインディアンの鼠小僧となって、３軒の孤児院と老人ホームにすべての段ボール箱を万引きではなく、万置きした。

19

湿原に曙光を煌めかせながら朝日が昇っていく。

エッグはスプーキーのかつらをかぶせられた。時代遅れのブロンドで、なぜか小便臭い。スプーキーも化粧を落とし、グレーの背広に着替える。

「オカマとハゲじゃ誰も停めてくれないからね」スプーキーは一睡もできなかったらしく、機嫌が悪い。

「あっ、車がきたわ」

ふたりが道路に飛び出して手を振ると、ＢＭＷの４ドアセダンがホワイトメタルの車体を停めた。

「すいませんが、ガソリンを分けてもらえませんか」スプーキーが男の声で言った。

グッチのスカーフを巻いた赤毛の女が、グラデーション・サングラスを下げる。

「あなたたち恋人同士？」女の目がスプーキーの全身を舐めまわす。

「ち、ちがいますよ。こいつの恋人になるくらいなら、全面核戦争で滅亡したほうがましです」

「なによ、こっちだって願い下げだわ。そんなことより、おばさん、お腹がぺこぺこなの」

「おばさん？　失礼なガキね。わたしはまだ30代よ」

「このおたんこなす《イディオット》、こんな若々しいお姉さまに、謝れ」

エッグの頭をむりやり下げさせたときに、かつらが落ちた。赤毛の女はぎょっとしてサングラスをはずす。

「こ、この子はですね、ネバダの核実験の犠牲者でして。そのう…お姉さま、ガソリンをください」

「サリーって呼んで」

女がスプーキーにウィンクした。

「あいにく女はね、ホースをもっていないの」

くだらない下ネタジョークに、エッグは女を絞め殺してやりたくなった。

「こんなところでお目にかかれたのも運命のお導きね。いいわ、ガソリンスタンドまで往復してあげる。あっ、そっちの娘さんは、車を見張っててちょうだい」

エッグは磨きあげられたウインドシールドに唾を吐きかけてやろうかと思ったが、ガソリンをもらえなくなるのでこらえた。スプーキーが助手席に乗りこみ、ＢＭＷが走り去る。

エッグは腹の底から吠えた。

「クソ忌々しい神《Goddamn》め、くたばりやがれエロばばあ！」

20

「いったいなにが起こるんですか？」

夜明けまえの林道を梟《ふくろう》じじいに連れられ、森の奥へと進んでいく。ただでさえ歩きにくい獣道なのに、じじいは懐中電灯1本で足早に分け入っていく。

「いったいなにが起こるんですか」オレは訊いた。

「退屈なくらいなにも起こらんよ、肉体的にはな」梟じじいは意味深げに微笑んだ。

梟じじいは1本のバンクス松《ジャックパイン》の枝に盾をかけた。丸い枠に張られた鹿の生皮に2匹の鳥が描かれ、イヌワシの羽がぶら下がっている。

林を抜けると、小さな草原に出た。白く細かな花をつけたヤブジラミやアカネの蔓が夜露に濡れている。ティピというインディアンテントのまえには、体がすっぽりおさまりそうな穴が開いている。

「ここに入れ」梟じじいが言った。

「えっ、生き埋めにでもされるんですか」

しかたなく穴に入るとへその高さくらいまであった。梟じじいは、小さな赤い布で刻みたばこを包んだものをひも状につなげて穴のまわりをぐるりと囲む。

「これから4日間、ここから出てはならん。食べ物も水もだめじゃ」

「ま、待ってくださいよ。熊でも出たり、クソがしたくなったらどうするんですか」

「熊が出たら、それがおまえの守護動物《トーテムアニマル》だ。わしはもう10回以上もこの穴に入ったが、一度もクソをしたことはない」

「こんなところにひとりで放っておかれたら、寂しくて死んじゃいますよ」

「人間がおらんのなら、樹と話せ、風と歌え、空に祈れ。なによりも自分自身と語り合い、おまえがなぜこの世に生まれてきたかを探求《クエスト》するんじゃ」

そんなポエムみたいなこと言われてもなあ。

「我々の言葉でこの儀式をハンブレチヤと呼ぶ。泣いてヴィジョンを求めるという意味だ」

ティピに入り、梟じじいはセージの香を焚いてオレを浄める。イーグルの羽のついた長いパイプを東西南北に掲げ、オレにもまわしてきた。独特のハーブがブレンドされた香り高いものだ。

「いいか、このピース・パイプを吸ったからには逃げられんぞ」梟じじいは太鼓をたたきながら祈りを捧げた。

「偉大なる精霊《グレートスピリット》ワカンタンカよ、彼の探求に力を貸したまえ。この勇者に新しい名を与えられんことを祈ります。ホウッ、ミタクオヤシン」

空が白々と明け染めていく。林のなかに消えてゆく梟じじいの後ろ姿を見送った。4日間の断食などたいしたことはない。

問題はヘロインの禁断症状だ。

21

「あれ、停まらないんですか」

ブルー地に白と赤の文字で「ＡＲＣＯ」と書かれたガスステーションを通り過ぎる。

「ええ、無人ガソリンスタンドだからポリタンクがおいてないのよ。あなたみたいに太いノズルのついたやつはね」

サリーは不気味な微笑みをスプーキーに返した。

黒人キラーの名誉にかけて、こんな上玉を逃す手はないわ。しかも真っ白い珍種だなんて、一生かかってもお目にかかれないでしょうね。

サリーはスプーキーの太ももをなでた。

なんて美味しそうな直筋をしているんでしょう。

スプーキーが咳払いをして、サリーの手をやさしくのけた。

ずいぶんとお堅い天使ちゃんですこと。こんな堅物に限って、あそこも「硬ブツ」なのよね。

「ウォール・ドラッグ・ストア」の看板がしつこくつづくが、知らん顔で突っ走る。

「あのですね、さっきからあなたは」スプーキーが口を開く。

「サリーって呼んで」

「じゃっサリー、さっきからミニマートのついた有人のガスステーションやマーケットを何回も通り過ぎているんです。いったいポリタンクはどこで買うんですか」

「うちにあったのよ。うん、すぐ近くよ。ここから30分くらい。せっかくあるのに買うなんて、アメリカ人の悪い消費癖よ。アフリカではあなたの同胞がたくさん飢餓で苦しんでいるんだからねっ、ダーリン」

「スプーキー、いやウィリアムです」天使はため息をつくと黙りこんだ。

屋根裏部屋がついた3階建ての一軒家が見えてきた。門のアーチにからませたスイカズラが可憐な花をつけている。ドライブウェイから3台車の入るパーキングへバックする。シンガポールへ出張中の夫は、サリーがつぎつぎと黒人たちを連れこんでいることなど夢にも思わないだろう。

「さあ、着いたわ」

玄関をつかわず、スロープからテラスに案内する。常緑樹の庭木と高いフェンスのおかげで近所に気づかれる心配もない。屋根裏のベッドルームにスプーキーをとおした。

「ちょっと待ってください。ここは寝室じゃありませんか。1階のリビングで待ちますよ」

「あいにく下の階はきのうのパーティーで爆心地状態、大切なお客様に見せられたもんじゃないわ。さあ、ポリタンクを探してくるあいだに、ビールでもどうぞ」

サリーはよく冷えたハイネケンの6本パックをサイドテーブルにおき、テレビをつけ、寝室を出た。

相当じらせたあげく寝室にもどってみると、天使はいびきをかいてベッドに横たわっているではないか。こんなに早くチャンスがまわってくるもんだとは思わなかった。

「主よ、あなたの贈り物を謹んでちょうだいします」

サリーは鍵のかかった引き出しから4つの手錠を出した。

22

真夏の直射日光は強烈だ。

吹き出す汗と黒土の有機的な臭いが混じってむっとする。鹿皮の服や脚絆を脱ぎ、パンツ一丁になった。穴の底にしゃがみこみ、上に毛布をかぶせると、けっこう涼しい。4日間水分が摂れないのだから、無駄な発汗は避けなければならない。

骨が軋《きし》みはじめるのがわかる。

最後にジャンクを射ちこんだのは3日前、シカゴにあるスプーキーの実家だ。トイレに鍵をかけ忘れたのがやばかったな。キホーテ氏はだいじょうぶだったろうか、おまけに車まで盗ってきちゃったし。スプーキーも親不孝なやつだ。ラピッドシティの手前でエンストしちまって、どこにいるのかな。こんな遠いところまで追いかけてきてくれるスプーキーの執念には頭が下がる。もしかして、あいつは本気でオレに惚れてんのかなあ。毎回コカインをわたすたびに、「今度こそ逃げるぞ」と疑う。ドン・ロドリゲスから預かったブツをさらに下請けのスプーキーにわたすときには、必ず罪悪感にとらわれる。あいつは自分の売りあげから仕入れ金をオレに返さなければならないからだ。もちろんやつにも40パーセントほどの利益はある。オレはせっかく日本の拝金主義から逃れてきたのに、アメリカの資本主義につかまっているだけじゃないか。オレたちは金によって、子どもの純真さを踏みにじられ、人間の尊厳を無視した機械労働に人生を削り取られる。いや、金を見くだすのはかんたんなことだ。オレとスプーキーは、麻薬取引という金の受け渡しによって友情を育んだ。エッグの1万ドルを取りかえすために足の爪を剥がし、今ここにいる。エッグは危ないやつだ。臆病だからこそ、極端な行動に出てしまう。幼くて、真っ直ぐで、もうひとりの自分を鏡で突きつけられているような気になっちまう。

もうあいつらと再会するなんて、不可能だろう。

23

スプーキーは、くすぐったさに目覚めた。

「痺れるくらい、素敵な匂いよ」

スプーキーのわきの下にサリーは鼻先をこすりつけ、大きな吸気音をたてる。振り払おうとしたとたん、スプーキーの手首に激痛が走った。手足の手錠は、親指ほどもある綿のロープでベッドの四隅に結わえつけられている。

「ワキガは異性を惹きつけるために発達した最高級の香水よ」

サリーが震える手でスプーキーのワイシャツのボタンをはずし、肩口までまくりあげた。

「あらっ、女みたいに剃ってるの。清潔好きなのね」

サリーが生暖かい唇をあたしのわきの下にあて、じゅくじゅくとアポクリン腺の異常分泌液を吸う。くすぐったさに身をよじるたび、手足首の手錠が表皮を削る。

「わたしの可愛い奴隷ちゃん。400年ほどまえにアフリカから連れてこられたあなたの祖先と同じように、ご主人様に尽くすのよ」

こ、この女は狂ってる。スプーキーは全身の筋肉が恐怖に硬直するのを感じた。

耳たぶ、首筋、乳首、睾丸、性器、肛門にまで、女は荒い息を吐きながら生臭い唾液をぬりたくる。頭蓋を押さえられ、接吻された。ナメクジみたいなサリーの舌から唾液と攪拌させた自分のワキガが流れこんでくる。舌先をぴりぴり刺す苦味に嘔吐しそうになる。

「なにすんのよ、やめて、お願いだからやめてよおう！」

スプーキーの懇願に、サリーがますます興奮する。

「オカマのふりをしたって無駄よ、ダーリン。こんなに立派なイチモツをくっつけてるんだから」

自分自身の体臭に、勃起していた。

淫乱女が目を輝かせて、ロデオ・クイーンのごとく馬乗りする。ずぶずぶと、不快な粘膜が男根をくわえこむ。

サリーが赤毛を振り乱し、身勝手に腰を打ちつける。

「思いっきりなかへ出していいのよ。わたしの体は妊娠する心配がないんだから。ああっ、すごく大きい！」

なんてこと。女に犯されるくらいなら死んだほうがましよ。ぶよぶよした脂肪を全身にまとい、空っぽのおつむに陰険な陰謀だけをはりめぐらす生き物。股のあいだの傷口から血を流しつづけ、大地に縛りつけられた家畜。スプーキーは、母親以外の女性種全員を嫌悪し、恐れてもいた。

「あたしはエイズなのよ！」

スプーキーは最後の手を使った。

唐突にロデオ・クイーンの腰が止まった。たるんだ尻肉の震えまで伝わってくる。

「今ならまだ、間に合うわ。射精もしていないし、粘膜細胞だって破れていないはずよ」

サリーが腰をずらすと、ひょろ長い厄介者《ロング・バーデン》がピロンと弾け出た。

24

「スプーキー、どこにいったのよおう」

この大平原にぽつりと立っていると、核戦争で滅亡した人類最後の生存者みたいだ。

「ねえモーゼ、わたしまた、ひとりぼっちになっちゃった」

エッグは人目がないのをいいことに、思いっきり泣き出した。

「スプーギィー、お願いだから帰ってぎでよおう」

両手の甲でまぶたをぬぐい、鼻水を頬になすりつけ、口をピーナッツの殻の形に歪めながら、泣きわめく。

「お願い、わだしをひどりにしないでええ、ひどりぼっぢが怖いのよおう」

懸命に突っ張ってはいても、しょせん15の女の子なのだ。完全に心を開いていないとはいえ、エッグにとって2人ははじめて友だちになれそうな人間だった。

「スカル・ファッカー！　スプーキーもアキラも死んじまえっ」

もうこれ以上、空腹に耐えられない。モーゼを抱え、毛布を頭からかぶって、なにもないハイウェイを歩き出した。

数え切れないくらいの車が通り過ぎていったが、ヒッチハイクをする気も起こらなかった。ましてや真夏に毛布をかぶる幽霊のような浮浪者にわざわざ停まってくれる車もない。

どれくらい歩いたろう、遠くにドライブインらしき建物が見えてきた。3メートルもあるチキンがコック帽をかぶり、フライパンでオムレツをつくっている。趣味の悪い看板に、我が子を喰らう母親の姿を思い出した。

エッグは駐車場を横切り、西部劇調の建物をのぞく。家族連れや観光客が、焼き立てのバーベキューチキンやぷっくりとしたオムレツをほおばっている。口じゅうにどっとよだれが湧きあがり、胃袋がきゅうんと縮こまる。

もう食い逃げはいやだった。裏手にまわってゴミ箱を探した。あたりを見まわしてから黒いビニール袋を開ける。くしゃくしゃのナプキンや野菜クズに混じって、客の食べ残しがある。しわしわに固まったフライドポテトをわしづかみにかきこみ、肉のこびりついたチキンレッグをしゃぶり、ケチャップで手をベトベトにして冷たいチーズオムレツをほおばる。

アメリカ人ってなんてもったいない食べ方をするのかしら。人だけじゃなく、動物を殺すのも好きなのね。最後の審判で観光バスごと地獄行きだわ。

「こらっ、なにをやっとる！」

突然キッチンの裏口が開き、包丁を手にしたコックが躍りかかってきた。

25

「ここのオムレツは30種類もあるのよ。ねえダーリン、ちょっと腹ごしらえしていかない、あたしランチもまだなんだから」

レストランに入ろうとするサリーのハンドルに、スプーキーは飛びつき、直線に立て直させた。

「エッグを何時間待たせたと思ってるの。黙って運転しなさい」

スプーキーは心からエッグの身を案じた。30分でもどってくるはずが、5時間もたっている。ドライブスルーでホットドッグをテイクアウトする時間さえ惜しかった。一刻も早く可哀想な娘を抱きしめてあげたい。そしてこの淫乱女からおさらばしたかった。

トランクには5ガロン（約20リットル）のハイオクガソリンがつまったポリタンクが入っている。ビュイックはリッター4キロと燃費は悪いが、１００リットルのガソリンを入れることができる。これさえあれば自由の身だ。都市部をのぞいたアメリカ大陸で、車のないことは、身体障害者《ディスエイブル》を意味する。

道のむこうに銀歯を剥き出して笑っているようなビュイック8が鎮座していた。イリノイ州ナンバーのプレートの両わきに突き出した牙が相当錆びついている。入れ歯を洗う父親の姿と重なって哀れになる。

どうして時間は、すべてのものを浸食してゆくんだろう。

エッグの姿が見あたらない。どうせ車んなかで眠っているんだ。ＢＭＷを反対車線で停めさせ、後部座席をのぞきこんだ。

いない。

背骨のくぼみを冷たい汗が流れ落ちた。

「エエエーッグ！」

スプーキーのむなしい叫びが湿原に吸いこまれていく。古いトランペットみたいなクラクションを30秒も鳴らしつづけた。驚いた野ガモがいっせいに飛び立っていく。

「こうしてる場合じゃないわ、エッグが遠くにいかないうちに探さなくちゃ」

スプーキーは父親のグラスにビールをそそぐようにガソリンを入れた。スポンジのはみ出た運転席に座りキーをひねる。

どっどっどっど、ぷしゅん。

おかしいな、出発したときはかんたんにエンジンがかかったのに。もう一度やり直す。

どっどっどっど、ぷしゅん。

しつこくくりかえすが、老体は走り出してくれない。

サリーがＢＭＷに備えつけられた電話で、修理業者を呼んだ。

「うわあ、まだこんな車が現役で走っているなんて！」

油染みが散らばるオレンジ色のつなぎ服を着た修理工は目を輝かせた。

「パパの形見に失礼なこと言わないでちょうだい」

10代の修理工はスプーキーのオカマ言葉にたじろぎ、あわててボンネットに顔を突っこむ。

「セルモーターがいかれたようです。なにしろ旧式なもんで、部品を取り寄せるのに1週間はかかりますね」

スプーキーは絶望のまなざしで天を仰いだ。

「おおっ、慈悲深き聖母マリア、どうしてあたしたちを引き裂こうとするのです？」

「あんな小娘のことは忘れて、ゆっくりしていきなさいってことよ」

スプーキーはからみつくサリーの手を振り払った。

「あの子はね、あたしが尻を痛めて産んだ卵なのよ。あんたみたいな女に母親の気持ちなんかわかんないわ」

いきなりサリーが泣き出した。

「どうせわたしは子どももつくれない女よ。夫にだっていつか捨てられるのよおう」

「ちょっと、いいかげんにして。あんたの泣き言を聞いてる暇はないの」

スプーキーはお気に入りのセリフをくりかえした。

「いつまでも子どものままじゃいられないのよ」

26

包丁には血のついた肉片がこびりついていた。

「ゆ、許してください」

コック帽をかぶった赤ら顔のおやじがつめ寄ってくる。

「お腹がへって、死にそうなんです」

うわずった舌が口蓋に貼りつき、少しだけオシッコが漏れているのがわかった。

「おまえさん、どっからきた」

コックの鉤鼻が目前まで迫る。

「ニューヨークです」

エッグは斜め下の包丁を見ながらあとずさる。

「芸術の街から家出してきたお嬢さんかあ。なんて名だ？」

追いつめられたレンガ塀にこすれて毛布がずり落ちた。

「エッグ、です」

コックは、エッグの頭に目を瞠《みは》り、太鼓腹を揺すって爆笑した。

「こいつはとんでもない金の卵を拾ったもんだ」コックの肉厚な手のひらがエッグの頭をピシャリと打つ。

「こっちへこい」

裏口からキッチンに入ったとたん、むっとする蒸気とともに馨《かぐわ》しい匂いが鼻腔をついた。鉄串に刺された何羽ものニワトリがゆっくりと回転するグリル、黄色い脂肪を浮かべて沸き立つ大鍋、8つもあるガス台にはオムレツの入ったフライパンが並んでいる。「なんですかい、その子？」キッチンヘルパーが訊ねる。

「見りゃあわかるだろ、エッグ、エッグ、金の卵だ。今からこいつを料理する」

コックに何度も頭を張られ、エッグは足をすべらせる。しがみついたまな板の上には解体されたチキンの足が山積みになっていた。

「さあ、こっちだ」

両開きのウエスタン扉を内側から押し、客席に出る。丸太を半分に切って並べたテーブルとベンチ、壁にはヘラ鹿やミュール鹿、枝角《えだつの》レイヨウの頭が飾られ、ウィリー・ネルソンの甘ったるいカントリー&ウエスタンが垂れ流されている。西部劇調とはまったく合わない油絵の抽象画がところどころにかけられているのが不思議だった。

コックはわたしをカウンターのスツールにかけさせると、コーヒーをもってくる。

「泣きそうな顔してないで、飲め」

コックはキッチンにもどっていった。警察に電話するかもしれないが、逃げ出すのはコーヒーを飲み終わってからでもじゅうぶんだ。両手でカップのぬくもりをたしかめ、鼻の穴をひくひくさせながら香りを楽しむ。たっぷりとミルクをそそぎ、褐色の角砂糖を5つも入れた。

プラスチック・パウチされたメニューを開くと、はしたないほどよだれが止まらなくなる。

チキンの丸焼きを筆頭に、半分にカットされたオムレツの断面からあふれ出す食材……コテージチーズ、マッシュルーム、コーン、ベーコン、パストラミ、ローストビーフ、生ハム、ミートソース、ターキー、スモークサーモン、ツナ、ほうれん草、ブロッコリーなど、すごいバリエーションだ。

「とんだ拷問だわ、目まいがしそう」

ランチ時も終わって客のまばらな店内にコックが現れた。丸焼きのハーフチキンと妊婦のお腹みたいに膨らんだオムレツを運んでくる。

「食え」

「えっ！」エッグのすっとんきょうな叫びに客たちがふりかえる。

「しーっ、店のおごりだ。思いっきり食っていいぞ」

地獄に仏とはこのことだ。素手で腿をむしりとり、かぶりつく。皮がクリスピーに焼け、とろけそうな肉汁が滲み出してくる。がしがし貪りつくエッグを、コックは満足げに見ている。

「ここのさきにあるマウント・ラッシュモアには、毎年200万人ものツーリストがくるんだ。なんかで見たことあるだろう？　4人の偉大なる大統領の顔が彫られた岩山さ。とくに夏はてんてこまいだよ。妻がおとといから産気づいちまってね、たいへんなんだ。どうだ、時給8ドルで働かないか？」

あっけにとられるエッグの頭を、コックが愛しそうになでる。

「なにより、おまえさんの頭が気に入った。なんて素敵な……キャンバスだろう」

「キャンバス？」エッグが口のまわりを油まみれにしてふりむく。

コックはにやっと笑うと、エッグの頭をわきの下に抱えこんだ。

「なにするのっ、やめて、やめてください！」

27

アキラは穴の縁に腰かけて放尿した。

放物線が徐々に小さくなったところで振り、結界の赤い帯を濡らさないようにした。

こんな儀式に従う筋合いはないし、いつでも穴蔵を抜け出してジャンクを買いにいけばいい。

しかし、どこからか巨大な眼球がオレを見守っているのだ。

それは針で穴を開けた星空をうしろから懐中電灯で照らす用務員さんかもしれない。宇宙の秘密を握る用務員さんに恥ずかしいところは見せられない。オレは子どものころからその眼を畏れていた。

タバコのつめられた赤い帯も、ビーズの刺繍や髪の毛の房飾りをつけた服も、ジャックパインにかけられた盾も、老人と吸ったピース・パイプも、テクノロジー大国に生まれ育ったオレには粗末な手工芸品にしかすぎない。

インディアンたちは、それらを「聖なるもの」として扱う。オレが受けてきた教育は、「物はしょせん人間が消費する道具」であり、「使い捨てられるゴミ」以外の何物でもない。

インディアンは自然や物はおろか、すべての人間にグレートスピリットが宿っているという。

ヘロイン・ジャンキーのオレ、尻にコカイン・タンポンを挿して喜ぶスプーキー、ぬいぐるみを奪いかえすためにピストルまで振りまわすエッグ。

オレたちは自分が社会のクズだと知っている。

もちろん口に出したら負けを認めることになるので、絶対に言わない。こんなクズにまでグレートスピリットは宿っているのか？

あらためて、まわりを眺めると、鳥の形をした雲が悠然と青空を横切り、森が緑風に踊っている。自分が自由に動きまわれるときには気づかないが、こうして固定された点になってはじめて、どれだけ世界が躍動しているかがわかる。

それにくらべて、なんて自分は惨めなんだ。人間のクズと罵られ、娼婦から唾を吐きかけられ、おまえの人生に何の意味もない、おまえこそ生きているのにも価しない、よけいな人数よけいな人間なんだ。

オレは穴蔵に捨てられた生ゴミなんだ。

28

スプーキーはネズミが壁を引っかくような物音に目覚めた。

ロールアップ・ブラインドから射しこむ朝の粒子が、薄紫の闇を透明に変えていく。

がりがり、がりがり。

屋根裏部屋のドアから差しこまれた鉄製ハンガーがチェーンロックをはずそうとしている。

ちっ、懲りない淫乱女め。

とにかく1週間は車が直らないし、サリーの亭主もシンガポールだかに出張中だという。あたしの体に指一本ふれないという約束で、いてやることにしたのに。隙さえあれば、あたしを手錠で縛りつけてファックしようとする。

昨晩はラピッドシティのバーやクラブをサリーの車に乗って探しまわったが、エッグを見つけることはできなかった。ましてやアキラの居所を知るのは絶望的だ。

女に強姦されるなんてオカマにとって最大の恥だ。自分の欲望だけを追及する女の業に怒りがこみあげてくる。

スプーキーはドアにそっと近づき、軍隊式にどやしつけた。

「こらっ、なにをやっとる！」

廊下に手錠を放り出して逃げていくサリーの足音が聞こえた。隙間からのぞくと、コンドームのパックが2、3個、廊下に散らばっている。

やれやれ、人間ってやつは、どうしてこんなにもセックスに振りまわされるんでしょう。

29

「新しいウェイトレスを紹介しよう。名前はエッグ」

コックやレジ係りのあいだに笑いが起こった。

エッグの頭にはオーナーが描いた芸術作品があったからだ。

オーナーはエッグの頭を完璧に剃りあげ、「動くな、動くな」と言いながら40分もヘッドロックした。

アクリル絵の具で慎重に筆を走らせる。裂線はトーンを落とした灰色で影をつけ、境界をグラデーションする。

ついに頭にひびが入ったゆで卵ウェイトレスが完成したのだ。

服装は、オムレツをつくるチキンのマークが入ったYシャツと黄色いスパッツに、パーティー用品の天使の羽までつけさせられる。

朝食の時間帯は、戦争だった。

メニューも覚えていないエッグは、回転車輪を走るハムスターのようにかけずりまわった。

「28番、クリームチーズとヴェネチアン・ソーセージですね」

エッグはサービス業はおろか、バイトなどしたことがなかった。ただ10年近くも強制されてきた性教育から、相手を喜ばせることを基本的にたたきこまれていたのが役に立った。

みんながエッグの頭を見たさにデザートまでオーダーする。たとえ注文をまちがえても、誰も文句は言わなかった。それどころか「がんばれよ、ひび割れ卵《ブロークン・エッグ》」とたくさんのチップをはずんでくれるのだ。この恥ずかしい格好のおかげでエッグは人気者になり、1日56ドルの給料と93ドルものチップをもらった。

「こんなわたしだって、仕事ができるんだ。スプーキーやアキラなんかいなくても、生きていけるわ」

30

アキラは真っ暗闇の穴蔵で震えていた。

夜が巨大な翼を広げて、森の木立を覆う。

梟じじいは「泣いてヴィジョンを求める」と言っていたが、オレは泣いてジャンクを求める。

心ではなく、肉体が切実に欲していた。

神よ、どうして人間に肉体なんか与えたんだ。

飢えに苦しみ、性欲に振りまわされ、麻薬に蹂躙される。

こんな牢獄に人間を閉じこめたおまえほど残忍なやつはいない。

さあ、文句があるなら出てこい。

おまえの善人面に痰を吐きかけてやる。

か細い唾液が穴の縁の土を黒く染めた。

ふっ、オレも都合がいいもんだ。宗教なんか信じていないくせに、すがるときと憎むときだけ神とやらを引っ張り出してくる。

アキラはふくらはぎを猛烈に掻きはじめた。

「麻薬をやめなさい」と、社会はかんたんに言い切る。

おまえらはなんて幸運なんだ。

禁断症状の恐怖を知らない。

ふくらはぎは何本ものミミズ状にふくれ、白血球が滲み出してくる。

おまえら全員の静脈にジャンクをぶちこんでやりたい。

究極の快楽を一度でも味わってみろ。

そのあとで訊きたい。

「この楽園を去る勇気があるのか？」ってことを。

麻薬撲滅を訴える政治家も、高尚な道徳を説く神父も、厳粛に貞節を守る奥様たちも、いたいけな子どもたちでさえも、１００パーセント獣に変わる。

ささくれ立った皮膚が破れ、赤血球が爪の先を紅く染める。

おまえらは、なにも知らずに言う。

「意志が弱い」って？

肉体が精神の奴隷であることを信じれるなんて、おめでたいやつらだ。

今度は首筋をかきむしる。

おまえらは、肉体を、神経組織《ナーヴティシュー》を、差別している。

いや、おまえらは、神から与えられた可能性を追求できない弱者《チキン》だ。

アキラの強がりも限界だった。

「助けてくれえ！」

雄叫びが救世主のいない空を震わせた。

穴から飛び出して、森を疾走したい欲望に駆られる。

冷えきった裸体には生臭い土がこびりつき、毛布から夜の冷気が染みこんでくる。

星は見えなかった。

憎しみで人生を支えることはできない。

……スプーキー、助けて、助けてくれよう。

31

「うわあ、宇宙人みたい！」

エッグの礼儀をわきまえないコメントに、従業員たちは気をつかった。

「そんなことないですよ、可愛いお子さんですね。くりっとした目なんか、オーナーそっくり！」

毎日、何十羽や何十個のチキンの命を奪いながら稼いでる男が、自分の有精卵だけをこんな大切に抱いている。

「ほら、可愛いだろう」

気味の悪い生物をいきなり抱かされて、エッグは戸惑った。

毛細血管が透けるほどうすい肌、ふれただけで折れそうな指、小さく見開いた目が真っ直ぐにエッグを見かえしている。すべてを見透かすようなまなざしに吸いこまれそうになる。

わたしも生まれたてのころはこんな目をしていたのかなあ。

こんな目をして……いた。過去形だ。

もう二度とこんな目はできない。

いわれのない喪失感と憎しみが突きあげてきた。

赤ん坊を大上段に振りかざし、タイルの床にたたきつけることもできた。

あわててオーナーに赤ちゃんを返すと、トイレに駆けこむ。

自分でも、なにをそんなに恐れているのかわからなかった。

ガーゼの産着をとおしたわずか3キロの物体が、これほどまでに強烈な感触を焼きつけるとは予想だにしなかったのだ。

「気持ち悪い！」

エメラルドグリーンの洗剤を手のひらと前腕部にこすりつける。

「赤ちゃんなんて剥き出しのエゴそのものじゃない」

エッグは「命のぬくもり」の痕跡を必死で洗い流した。

32

スプーキーはその夜、おかしな夢を見た。

5番街にある聖パトリック大聖堂には壮大な聖歌が響きわたる。コルセットでウエストをしぼり、クジラの骨でスカートを膨らませたウェディングドレスを着て、スプーキーが登場する。中世の甲冑で身を固めた父親がロボットみたいな金属音を立てて護衛してくれる。自分と腕を組む伴侶は黒いフロックコートにひざまでのブリーチパンツをはいている。赤毛をポマードでなでつけ、口ひげをつけたサリーだった。聖歌隊席のうしろにある聖母礼拝堂では、青い天鵞絨《ビロード》のケープをまとったエッグが、赤ちゃんになったアキラに母乳を飲ませていた。叫び声をあげて逃げ出そうとしたとき、足首の手錠に引っ張られて転倒した。

冷や汗とともに目覚め、足首をつかんだ。

だいじょうぶだ、つながれてはいない。

首筋を冷たい風が吹き抜けた。

ふりむくと、半開きの窓に影がうごめいている。

うわっ、駆け出してあわてて窓を閉めた。

「いたっ」

瞬間、窓枠から赤いマニキュアの指がひっこみ、影が消えた。影は手をばたつかせながら放物線を描いて遠ざかっていく。2階のバルコニーに脚立が崩れる音がする。「だいじょうぶかしら」スプーキーはちょっと不安になって見おろした。影は腰を押さえながらもバスルームに逃げこんだ。

ちっ、執念深い女だ。

1階にでも転落したら骨折じゃすまないのに。

スプーキーはすべての窓の鍵を確認し、カーテンの隙間をきっちりふさぎ、ベッドにもどった。

サリーのおかげで、さっきの夢は完全に忘れ去られた。

33

イーグルがずっとアキラの頭上を旋回している。

オレの死肉を狙っているのだろうか。断食も3日目に入った。禁断症状もピークを迎えたようだ。この炎天下に悪寒がする。筋肉繊維のなかを無数の蛆が這いまわり、皮膚の内側にある黄色い脂肪を貪るのだ。軟骨部から脊椎に侵入した蛆どもは、骨髄液を吸いながら胸椎、頚椎へと登ってくる。くしゃみをするたび鼻水が湧き出し、震えが止まらなくなる。

空腹は耐えられないほどではない。問題は水だ。口内粘膜が乾き、1滴の唾液さえ出なかった。

ああ、氷のジャリジャリつまったマクドナルドのジャンボ・コークを飲みたい。オレンジスライスが浮かぶクールエイドでも、オリンピア・ビールの1リットル瓶でもいい。

頭上の毛布をのけて立ちあがる。

容赦ない真昼の太陽に立ち眩みそうになる。せめて雨でも降ってくれれば。

忘れな草色の浅い青空、この色を「フォーゲット・ミー・ノット・ブルー《forget-me-not blue》」と呼ぶ。世界から忘れ去られた穴のなかでミイラになっても、誰かがオレを思い出してくれるだろうか?

両親とはもう何年も連絡を取っていない。

……スプーキー。あいつだけはオレを忘れないでいてくれるかな。

土で汚れたパンツを下ろし、スプーキーがあれほど欲しがったチンポを引っ張り出す。左手で支え、右手をくぼませて椀型にする。膀胱筋に力を入れ、排尿する。手のひらに飴色の小便がたまると、尿道を引き締めて止める。ずずっと飲み干す。わずかな塩気と昆布茶のようなぬめりがあった。それでもひさびさの水分に喉が喜ぶのがわかる。

同じ動作を4度ほどくりかえすと、尿は枯れた。こんなわずかの小便しか出ないほど、脱水症状はすすんでいるのか。人は体重の20パーセントの水分を失うと死ぬ。墓穴にこもっていりゃあ死んだも同然だ。毛布を内側からかぶせなおし、屈葬の形に丸まった。

大地の子宮から今、25歳の胎児が生まれようとしていた。

34

「ねえ、もしかしてあなたたちインディアン?」エッグは訊いた。

もちろん羽飾りなんかつけていない、よれよれのネルシャツでビールをあおる2人の若者だ。陽に炙られた精悍な顔立ちに似合わず、どこかいじけたところがある。

「なんだとこの尼、インディアンでなにが悪いんでえ!」

ひとりがカウンターごしにエッグの胸ぐらをつかむ。バドワイザーの缶が倒れ、うす汚れたラングラーのすそを濡らした。閉店まぎわまで残っていた幾人かの客がいっせいにこっちをむく。

「ちがうの、訊きたいことがあるのよ」エッグはことを荒立てないように、小声で言った。「喉元に深い傷痕があるおじいさんを捜しているの」

若者たちは顔をしかめ、スツールにかけなおす。

「ああ、梟じじいのことか」

「えっ、本当に知ってるの!」エッグの目が輝いた。

「あいつは、有名なメディスン・マンだよ」

「薬屋かなんかなわけ?」

エッグはカウンターのビールを拭きながら、2人に新しいボトルをおごってやる。

「ちがう。メディスン・マンってのはな、薬草で治療することもあるが、精霊たちを通じて祖先たちの声を聞いたり、儀式を司るシャーマンのことだ。あいつは喉頭ガンで死にかけたときに、梟の精霊が憑いたんだ。おれたちにもヴィジョン・クエストだのサン・ダンスだのをさせようとするんだが、今時あんな苦しい修行をする若造なんかいないぜ。ところでひび割れ卵ちゃん、なんであんたがクソうるせえじじいに用があるんだ」

1万ドル盗まれたと言っても信用されないだろうし、こいつらには関係ないことだ。

「ううん、わたしも悪霊を追い払ってもらいたくてね」

ひとりがニヤつきながらもう片方に耳打ちすると、エッグに言った。

「よかったら車で連れてってやるぜ」

「わあっ、お願い。あと30分で終わるから」

35

アキラのヴィジョン・クエストも最後の夜を迎えた。明日の夜明けには梟じじいが迎えにくるはずだ。

梟じじいはオレを家族のように扱ってくれるが、オレはインディアンじゃないし、やつの死んだ息子の代わりにはなれない。

やつはただの泥棒だ。いくら慈善的な寄付をしようと、しょせん詐欺にしかすぎない。いったい聖と俗の境界線は誰が引くんだ。少なくともそれは神ではない。だいいちそんな境界線なんてあるのか？

ん？　草を踏む足音が近づいてくる。森の木立から白い物が浮かびあがった。懐中電灯もつけずによく歩けるな。ちょっと早いが梟じじいだろう。

「ひしぶりだねえ、アキラ」

見あげれば、割烹着を着た母親が立っているではないか。母は着物のすそを押さえながらしゃがみこんだ。

「お母ちゃんといっしょに逃げましょ」

5歳のころ聞いたせりふだ。酒を飲むたび毎夜のごとくくりかえされる父の暴力、飛び交う罵声と、母の悲鳴、妹の泣き声、幼い子どもにとっては家庭が世界なら、オレは戦争の中で生まれ、戦争の中で育った。なごやかな笑い声、やさしい思いやり、親切や善意は、分厚い防弾ガラスで隔てられた絵空事だった。

「さあ、こんなところから逃げましょ」

たとえガラスの向こうの世界へ逃げても、どう振舞っていいのかわからない。愛されたいのに、どうすれば愛してもらえるのかわからない。愛したいのに、どうやって愛すればいいのかわからない。

オレは静かに首を振る。

「いっしょにいくことはできないんだ」

母は妹を連れ、遠くの町へと出ていった。母に捨てられた、裏切られたと思った。子ども心にぽっかりあいた空洞を埋めるため、憎しみという漆喰をぬった。漆喰はぬったそばから剥がれ落ち、もとの空洞をさらしつづける。

「なにかお母ちゃんにできることはないかい」

母は哀れなくらいに困った顔をした。

「喉が渇いて死にそうなんだよ」

「もう母乳も出ないしね、そうだっ」

母は帯に差してあった包丁をぬくと、すささささあっと手首を切った。とたん、真夜中の空に虹が架かった。

「さっ早く、こぼさないでお飲み」

冷たい母の手を握り、あふれ出る血を吸った。

……本当に辛かったのはオレじゃなく、母のほうだったのかもしれない。

流れこむ血液が心臓の形をした空洞をふさいでくれる。

それは甘酸っぱいケチャップの味がした。

36

梟じじいは、木陰からアキラの様子をうかがっていた。いつ逃げ出すかと、こっそり見にきていたのだ。

梟じじいはとっくにアキラを見抜いていた。あの痩せ方と腕の注射痕は麻薬中毒者以外の何者でもない。ヴィジョン・クエストに禁断症状が加われば、想像を絶する苦痛に襲われるだろう。しかしやつは勇敢に闘いつづけた。

梟じじいは、アキラを我が子のように感じていた。

不思議な男じゃ。やつは、死んだ次男クレイジー・イーグルのように、世界を丸ごと知覚したいという欲望と、祖父のようにすべてを許し尽くす慈愛をもっている。

おっと、最後の晩に強力なヴィジョンが降ってきたようじゃ。やつの表情は恍惚に満ちている。愛しそうに乾いた唇を突き出し、無心になにかを吸っている。臭じじいは満足して帰路についた。

物音をたてぬよう、懐中電灯もつかわず林を抜けようとしたとき、近くで叫び声があがった。

走り寄っていくにつれ、男女のもみ合う影が浮かびあがってくる。

「やめて、なにすんのよ！」走り出す女の腕を男が捕らえ、平手で頬を張った。笹のこすれ合う乾いた音を立てて、女がきりもみ状に倒れた。

「やっちまえ！」

ひとりの男が覆いかぶさり、女の上半身に馬乗りになる。もうひとりの男が女のへその下にあるスラックスのファスナーを下げる。必死で宙を蹴りまわす足をよけながら、尻からスラックスを引っこぬく。足をVの字に持ちあげ、悲しいくらいに無防備なパンティーを剥ぎ取った。

「おまえのオムレツをいただくぜ」

女の股間に男が顔をうずめる。海藻を掻き分けるサメのように獰猛な鼻先を突っこんでいく。唾液をすする卑猥な音が木々の間から漏れてきた。

「こらっ、なにをやっとる！」

あわてて取り出した懐中電灯が小刻みにぶれながら男たちの顔を映し出した。居留地でくだをまく若造たちだ。

「おまえらはラコタ族の誇りを忘れたのか！　ヴィジョン・クエストさえやる勇気もない

くせに、性欲だけは一人前だな。さっさと失せろ」

若造たちは恐怖に怯える仔鹿のように目を見開き、あわててジーンズをずり上げながらよろける。卑屈な笑みを浮かべるまもなくあっという間に退散した。

「だいじょうぶか」

女を辱めないように懐中電灯を消した。引きあげようとつかんだ手はあまりにも小さかった。

こんな幼い娘を襲うとは、偉大なる祖先たちに顔向けもできん。

「助けてくれてありがとう」

月明かりに青く照らし出された女の頭には毛がなかった。体についた土を払いながら、こっちを見たとたん凍りついている。

「ドロボオオオ！」

森を引き裂く叫び声にすべての記憶がよみがえった。わしが金をだまし取った無毛症の娘じゃ。

梟じじいは柳の鞭を当てられた早馬のように逃げ出した。

37

「ちっ、なんてすばしっこいじじいなの」

エッグが追いかけたが、泥棒じじいは夜行動物のような俊敏さで森のなかに掻き消えた。

「ここはいったい、どこなの」

エッグは闇夜に仕掛けられたジャックパインの根っこに足を取られ、すっ転んだ。顔面を松の木に打ちつけ、倒れこんだ背中になにかが落ちてきた。顔の横を輪っかが転がり、ぱたっと倒れる。丸く張った皮に2匹の鳥が描かれ、たくさんの羽がぶら下がるタンバリンだった。

それにふれたとたん、なぜか「もう、いいや」と思った。しょせん義父から盗んだお金じゃないか。あの時点で復讐は終わっているはずだ。

エッグは今、ウェイトレスとしてチップをもらっている一人前の社会人だ。自分をいじめたやつらを克明に日記につけるほど執念深かったエッグが、いつのまにこんな寛容になったのだろう。

ふと、アキラとスプーキーの顔がよぎった。

あいつらに出会ったからだわ。

「だいじょうぶかあー」

聞き覚えのある声が闇のなかに放たれた。

「ま、まさか!?」

エッグの野生が抗いようのない磁力に引きつけられていった。

38

アキラはやにわに起こったざわめきを幻聴だと思っていた。母の血を飲んだせいか、体は活力をとりもどしている。男女が格闘する音、暴力が醸し出すすえた臭い、聞き覚えのある女の悲鳴、誰かが強姦されようとしている。チンピラにいたずらされる女の子を見て見ぬふりをするのか。くだらないインディアンのおままごとをやってる場合じゃない。いや、ここから逃げ出したいという願望が生み出した幻聴かもしれない。

もう一度、よく耳を澄ましてみる。

あの声は梟じじいか？

まさか、やはり幻聴にちがいない。アキラはふたたび穴のなかに体を丸めた。

梟じじいはいったいオレになにを教えようとしているのだ。

日本にだって八百万《やおよろず》の神はいるし、空や大地に精霊が宿っているという考えもなんとなくわかる。禁断症状を救ってくれた母親の幻覚は、精霊ではなくオレの脳がつくりだしたものだろう。

世界は見くだせば見くだすほど住み心地は悪くなるが、愛せば愛すほどおもしろくなってくる。インディアンの宇宙観が真実かどうかなんて問題じゃない。世界を地獄にするのも、天国にするのも、自分しだいだ。

つまり世界は自分自身を映す鏡なのだ。

またもや誰かが近づいてきた。

引き裂かれたTシャツに、裸の下半身、うすい陰毛が月明かりに青く発光している。

エッグだった。

「アキラ！」

細い眉を吊りあげてエッグが走ってくる。

「だめだエッグ、きちゃいけない！」

エッグは赤い帯の手前で立ち止まり、穴のなかに立ち尽くすアキラを見つめる。アキラは必死で言葉を探した。

「いいかエッグ、よく聞け。これはインディアンの神聖な儀式なんだ。オレはこの穴んなかで4日間も断食をした。おまえがくると、その苦労も泡と消える。くるな。くるなってば！」

結界のまえに立ったエッグは、消え入りそうな声でつぶやいた。

「アキラ……ずっとあなたを探してた」

39

「死からもどった梟」はこの奇妙な光景に、ある種の感動を禁じえなかった。

穴のなかにはひび割れた卵を抱いた男が眠っている。昇りはじめた朝日は穴のなかにまでとどかず、ふたりはまだ薄紫の影に守られていた。

まるでやつらは、ひとつの魂から生まれた兄弟のようだ。

あと数時間で偉大なる儀式をやりとげるところを、やつは結界のなかに他者を入れてしまった。禁を破った、いや禁を破ってまで孤独な魂を救ったのだ。

明らかに性交の臭いはない。

それどころか原初的な愛の崇高ささえ漂わせている。

世界を創世した白い野牛の仔牛の女神《ホワイト・バッファロー・カーフ・ウーマン》プテ・サン・ウィンが最初の祖先を慈しんだように、男はひび割れた卵を抱えている。

それは傷ついた魂であり、痛ましい惑星でもある。

「おはよう、梟じいさん」アキラが目覚めた。

「やっぱインディアンにはなれなかったよ」

梟じじいは大きくうなずいて、微笑みを返した。

エッグも愛らしい眼を見開いて梟じじいを見た。

「アキラから全部聞いたわ。わたし、もうなにもいらない」

朝日がエッグの美しい笑顔を照らした。

鳥たちの囀《さえず》りが木立に反響し、祝福の歌を贈ってくれる。

「さあ、子宮から生まれ落ちるときがきたぞ」

40

「ねえ、あんなとこいかないでもいいわ、観光旅行じゃないのよ」スプーキーがぼやく。

「あんなにすばらしいモニュメント、あなたのお友だちだって見たいに決まってるわ」サリーは右手の指先を包帯でぐるぐる巻きにして運転している。

ラピッドシティーからUS―16を30分ほど南下すると、マウント・ラッシュモア国立記念公園だ。うねうねしたカーブを登っていくと、大きな駐車場に出る。さまざまなナンバープレートを見ると、アメリカのあらゆる州から観光客が訪れているのがわかる。ビジターセンターへの道を歩いていくと、松林のあいだから岩山に彫られた4人の大統領の顔が見えてきた。

「ほら、素敵でしょう。白い花崗岩の露頭をダイナマイトでぶっ飛ばして、パワードリルで彫りつづけたそうよ。ひとつの顔が18メートルもあるんですって。一番右のリンカーンが最高よね、あなたたち黒人奴隷を解放したんですもの」

スプーキーは手を握ろうとするサリーを振りほどいた。

「ふん、あいつはね、南部の農業奴隷を北部の工業奴隷としてぶんどりたかったの。おかげで、職を失った黒人たちがたくさん飢え死んでいったのよ」

混雑するおみやげ売り場を抜けるのも一苦労だ。

「本当？　そんなこと一度も授業で教わらなかったわ」

展望台は能天気な白人観光客であふれかえっていた。レイバンのサングラスにアロハシャツ、アクリル地の派手なパンタロンをはいた老人たちがはしゃいでいる。ニコンやオリンパスのカメラをぶら下げた日本人の団体もいる。「ワイルド・ウエスト・ツアー」の旗をもったガイドにつき従い、幼稚園の遠足を思わせた。大統領たちの顔をバックにVサインを突き出して、みんな同じポーズをとる。これがアキラと同じ人種かと思うと笑えてきた。

「あんなところに人がいるぞ！」

観光客たちがざわめき、いっせいに岩山を見あげる。たしかにリンカーンの頭あたりに3人の人影が見えた。急に胸騒ぎをおぼえたスプーキーは望遠鏡をのぞいている老人を引き剥がす。

「なんだ君は、失礼じゃないか」

よろける老人をサリーが受け止め、20ドル札を握らせる。スプーキーはあわてているせいか、焦点が定まらない。

「もっと上よ」サリーが横で修正する。

ジョージ・ワシントン。

トーマス・ジェファーソン。

セオドア・ルーズベルト。

そしてエイブラハム・リンカーンの上に立っているのは……

「アキラ！　エッグ！　あの泥棒じじいもいるわ！」

41

「このブラック・ヒルズはラコタ族にとって最も神聖な山じゃった。何百年、いや何千、何万年もの間、ここで大切な儀式を執りおこない、母なる大地の乳房として礼拝を欠かさなかった場所だ。わたしたちは同じ母から生まれた大地の子どもなのだ。そして誰もがいつかは大地の子宮に還る日がくる」

　オレたちは梟じじいに連れられて、岩場の道を歩いていく。

「ここに彫られた4人の男たちはなぜ大統領になれたと思う？」

　アキラは黙って首を横に振った。

「よりたくさんのインディアンを殺し、より広い土地を略奪したからさ。白人は我々の聖なる山にうす汚れた男たちの顔を彫りつけただけでなく、金鉱が見つかったとたん山ごと取りあげてしまったんじゃ」

　オレたちはジョージ・ワシントンの後頭部に腰をおろした。

「さあ、どんなヴィジョンを見たか話しておくれ。なにやらちゅうちゅう吸ってたみたいだったが」

「えっ、どうしてそれを知ってるんです？」アキラが訊いた。

「そ、それは……超能力じゃよ」

　アキラは母親のヴィジョンを思い出せる限り忠実に語って聞かせた。

「おまえの守護精霊《トーテム》は虹のようだな。虹は2つの世界をつなぐ橋だ。おまえはまだしばらく夜の世界にとどまるじゃろう。月の世界で学んだことをたくさんの色を使って太陽の世界に伝えるのじゃ。おまえの苦しみを光に変えるとき、人の道を照らす者となる。ふつうだったら、おまえの新しい名は『真夜中の虹《ミッドナイト・レインボー》』となるんだが」

「かっこいいっすね、それ」

「しかし母親の血というのがどうも気になる。どんな味じゃった？」

「それが血の味というよりも、甘酸っぱくて……ケチャップのような味でした」

「なるほど、ではおまえの霊的な名前は『ケチャップ』じゃ！」

「えっ」

エッグがうしろにひっくりかえって大笑いした。

「おほん、いいかケチャップよ。いずれにしてもおまえのヴィジョンは、許し尽くすことの学びだ。我々のケツの下にいる初代大統領は、桜の枝を折ったのを正直に告白し父親から許された。この1ドル札野郎はアメリカ史上もっともたくさんのインディアンを殺し、我々の誇りをポキポキ折りまくった。しかしわしらは許したぞ。だからわしらも許してくれ、卵ちゃん」

「ちぇっ、真剣に聞いてたら。けっきょくそれが言いたかったのね」

さっきから幻聴がアキラを呼んでいるような気がした。声が徐々に鮮明になり、なつかしい友が姿を現す。

「スプーキー!!」

アキラとエッグは全力で駆け出した。渾身の力で抱き合う、穴蔵のなかでどれほどこの抱擁を欲したことか。スプーキーはアキラの頬とエッグの頭をキスで埋めた。

「ダーリン、ちょっと待ってよう。生理がはじまっちゃったわ、ああ、お腹が痛い」

赤毛の女が追いかけてきた。とうとうスプーキーもストレートになったのか。

「ふん、涙のご対面ってとこね。あんたは、わたしを残してニューヨークへ帰るんでしょう。わたしは、わたしは、またひちりぼっちだわあああ」いきなり女が号泣しはじめた。

「泣いている白い女よ」梟じじいが呼びかけた。

「サリーって呼んで」女がやにわに顔をあげる。

「じゃサリーさん、あなたはそこにいて見守っていてほしい。わしらは4人で聖なる輪《メディスン・ホイール》の儀式をはじめる。悪いが生理の女性は参加できないのじゃ」

「またわたしだけ、のけ者にして」女はふたたび泣き出す。

「白い女よ、かんちがいしちゃいかん」梟じじいがなだめる。

「サリーって呼んでって言ったでしょう」

「すまんすまん、サリーさん。決してあなたをのけ者にしたくて言っているわけではないのじゃ。むしろその逆じゃ。ラコタ族にとって生理は月の時間《ムーン・タイム》といって、女性が最も力をもつときじゃ。だから月のように我々をはなれたところから見守らなくてはいけないんじゃ」

サリーはこの説明に満足したようだった。

「卵ちゃん、君はみたところ白人だが、両親はどこの人じゃ」

「マムはプエルトリコ、わたしが5歳のときに死んだダディーはユダヤ人よ」

「じゃあ、北側のわしの正面に座ってくれ。そこの白いが黒い人は？」

「あたしはキューバ人よ」スプーキーが胸を張って答えた。

「白くて黒くて男で女でもあるようだな。わしの左手、西側に座ってくれ。ケチャップは右手の西側じゃ」

「ケチャップ？」スプーキーのすっとんきょうな声に、エッグがくすくす笑う。

南側にいる梟じじいはピース・パイプにハーブをつめ、祈りはじめる。

「偉大なる精霊ワカンタンカよ、聖なる山に4つの色をもった魂を集わせしことを感謝します」

「東の黄色いイーグルの悟りと」梟じじいはアキラを見た。

「西の黒い熊の内省と」スプーキーを見た。

「北の白いバッファローの知恵と」エッグを見た。

「南の赤いネズミの信頼を、ひとつの力に合わせたまえ」

「そして月よ」少しはなれたところでうずくまるサリーを見た。

「4つの色をもった魂を見守りたまえ」

梟じじいは、ピース・パイプに火をつけ、アキラにまわした。うるしの葉や赤柳の内皮を乾かした芳ばしいブレンド《キニキニック》を肺いっぱい吸いこむ。空に掲げてから北側にいるエッグに手わたす。

エッグは見よう見まねで吸いこんだとたんむせた。

スプーキーは美味しそうに吸いこむと、頬をモールス信号みたいにたたいて紫のドーナツを空中に浮かべる。

「これこれ黒い熊よ、遊ぶんじゃない」

スプーキーがパイプを梟じじいにもどす。

「だって、輪《ホイール》をつくる儀式なんでしょ」

「あっはっは、一本取られたわい。これで伝統的な儀式は終わりだ。これから現代の儀式をはじめるぞ」

梟じじいはすくっと立ちあがって、オレたちに命令した。

「黒い熊よ、君の担当はリンカーンだ。卵ちゃん、ちょっとだけ熊のぬいぐるみを貸してやってはくれんか」梟じじいはどうもエッグに気をつかってるらしく、歯切れが悪い。

「投げ捨てたりしたら殺すわよ」エッグはモーゼをスプーキーにわたす。

梟じじいは、わけもわからぬスプーキーに叫んだ。「黒い人を票集めに利用した、もみあげ男のおつむに登れえ！」

「卵ちゃんはとなりのジェファーソンに登ってくれ。独立宣言という民主主義が盗人国家をつくったのじゃ」

「ケチャップはルーズベルトだ。真珠湾を忘れるな《リメンバー・パールハーバー》！　のフランクリン・ルーズベルトじゃないぞ。アメリカを工業大国に押しあげ、人間をロボット化したセオドア・ルーズベルトのほうだ。さあいけ」

みんなはしかたなく指示に従ってそれぞれの大統領の頭によじ登る。遠くから見ればなめらかな表面も、粗い彫り跡に足をかけて登ることができた。3番目の頭に立つアキラのところからは30メートルもはなれているが、梟じじいが股間をいじくるのがわかる。マウント・ラッシュモア全体を震撼させる怒声が響きわたった。

「Let's Peeeeee《レッツピーーー》！」

梟じじいは怒張したイチモツから勢いよく放尿した。初代大統領ワシントンのひたいに黒いほくろができる。

望遠鏡でのぞいていた観光客が逐一状況を報告し、眼下の群衆に騒乱が起こった。

アキラもまねたが26代目大統領ルーズベルトにソバカスをつけるのがやっとだ。

エッグは16代目大統領リンカーンに少年のような尻を剥き出し、刀傷のような割れ目をつくった。

立ちションに慣れていないスプーキーも、モーゼをおんぶしたまんま3代目大統領ジェファーソンの天然パーマに白髪染めをほどこした。

梟じじいのいちばん近く――といっても、15メートルほどはなれていたが――にいたエッグが尻を震わせて叫んだ。

「いったいこんな儀式がなんになるの!?」

梟じじいは泰然自若としずくを払い、ファスナーを引きあげる。

「なあんもならんよ」

第3章　慈悲の街

Mercy Avenue

栄養成分（100gあたり）

エネルギー	107kcal
たんぱく質	1・2g
脂質	0・0g
糖質	25・5g
ナトリウム	1・2g
食塩相当量	3・1g
リコピン	20mg

1

「あれって死体じゃねえか！」

ウィリアムズバーグ橋からイーストリバーを見おろすと、ウェットスーツを着こんだレスキューがボートで風船に近づいていく。

「うわあ、あたしまだ死体って見たことないの。おもしろそうだからいきましょうよ」

ニューヨークへもどったアキラたちは、川向こうのブルックリンに無事引っ越しを終えた。橋のたもとにあるマーシー・アヴェニューに巨大な地下倉庫を月500ドルで借りることにしたのだ。ニューヨークでは「アーティストの引っ越しだけは手伝うな」という格言がある。膨大なガラクタ、いや作品の山をスプーキーとエッグは運ばされた。1階にある印刷工場のばかでかいエレベーターをつかえなかったら3日間くらいかかっただろう。

アキラは短い髪をショートドレッドに編み、無精ひげを伸ばした。ポリカーボネートの防塵ゴーグルをかけ、自転車の盗難防止用チェーンをネックレスにしている。スプーキーはニューヨーク市警の制帽にレザーベストを裸の上半身にはおり、卵型のミラー・サングラスでハードゲイを装っている。あの大騒動から3週間以上がたっているとはいえ、イーストヴィレッジにいくときだけは身元が割れないほうがいい。

ハウストン通りで橋をおり、アルファベット・ジャングルのある川沿いにむかう。イーストリバーを望むリバーサイドパークには、ジョギングや犬の散歩、日光浴を楽しむ家族連れなどがのんびりと午後を過ごしていた。突然、平和な日常に割りこんできた死者。

「うっぷ、なんだよこの臭い」

人垣に近づいていくにしたがって、悪臭は強烈な腐臭に変わる。漂流死体は汚穢《おわい》赤褐色のゴム風船だった。こぼれ落ちそうな眼球に蝿が貼りつき、美味しそうに舐めている。特大の辛子明太子のように膨らんだ舌が口から押し出され、自分を見下ろす生者たちを挑発する。口から噴き出す腐敗ガスは溶解した消化器官だ。生者の胃腸は食べ物だけを消化するが、魂が飛び去ったとたん、胃酸や腸内消化液は胃腸自身を溶かしはじめる。

監察医がハサミで衣服を切っていく。Yシャツだったらとっくにボタンが飛び散っていただろう。adidasと金糸で刺繍されたアイスホッケー・ジャージが切り取られた。

「……もしかして」

腐敗ガスの硫化水素が血中へモグロビンと結合し、硫化へモグロビンとなり、肌の色を淡い青藍色《せいらんしょく》から暗い赤褐色に変えていく。陰嚢が異常にふくれ、縮れた髪の毛がごそっと抜ける。

「ファット、あのデブの売人だ」アキラの顔から血が引いた。

警察官がしわしわにすぼまった指先から必死に指紋を採ろうとしている。

「おまえは覚えてないかもしれないが、ホアンといっしょにいた野郎さ。もとはといえば、あの騒動もこいつにからまれたのが原因なんだ」

警察官が無造作に引っ張った指先がずるっと抜け落ち、梅干しの果肉をまとった骨の切っ先が突き出す。あわてた警察官が払う。ぴしゃっとアスファルトの歩道に脂肪の塊が貼りついた。恐いもの知らずなアキラが震えている。

「なあスプーキー、他人事じゃねえぞ。これは未来のオレたちの姿だ」

「ど、どういうことよ？」

「ドン・ロドリゲスは、使いものにならなくなった売人を容赦なく葬るってことだ」

ふたりは鉄球でも引きずるように、殺人者が待つファースト・アベニューへとむかった。

2

「『深い喉《ディープスロート》』」

タイムズスクエアの場末にある映画館のポスターがエッグを蹂躙した。

目を背けて歩き出そうとしても、記憶という粘着性樹脂が靴底に貼りついて動かない。視覚から押し入った映像が、鼻腔をつたい、喉の奥に青かびにも似た精液の味がよみがえる。6歳から義父に強要された口唇技の性的虐待が、主演女優のプロフィールに重なった。

「夫に銃で脅され、暴力、レイプ、売春、ポルノ映画女優へ。引退後反ポルノ提唱者へ転身したリンダの雄姿が復活！」と謳われている。

目をそらしては見つめなおし、去りかけてはもどり、迷いつづけた。ふと、素っ裸のまま泥棒たちのトラックに飛び乗るアキラを思い出した。

おつむのネジがはずれているとはいえ、あの勇気は見習わなくっちゃ。

意を決して5ドルを払った。チケット売り場のおじさんが呆然としている。XXX級のポルノをひとりで見にくる少女などはじめてだろう。ましてや客席が100にも満たない、うらぶれた映画館だ。

ジャックオフ《せんずり》が目的の常連客はとっくに個室ブースがあるビデオショップに奪われ、中年から初老の男性客しかやってこない。

「なにぐずぐずしてんのよ、わたしは早く映画が見たいのよ」

紫の判子が押された半券をひっつかんで入場した。ワインレッドの飾り扉を開けたとき、真鍮の把手がぬるっとすべった。手を嗅ぐまでもない、館内に充満した酸っぱい精子の臭いが鼻腔を突いてくる。

3メートルもあるひとつ目の蛇がこっちをにらみつけてくる。画面の中央に屹立する男根だ。鈍い緑色の静脈が波打ち、亀頭が鮮やかな桃色にてかっていた。独眼の蛇が震えているのは、恐怖なのか？　渇望なのか？　わからなかった。

エッグは一番うしろの席に腰をおろした。毛足の短いベルベットの椅子には乾いてざらついた染みが何ヵ所かあった。土曜の夕方というのに客席には10人ほどの頭が互いに距離をとりながら座っているだけだ。斜め前には小柄な老人の禿げ頭があった。頂上から起立するまばらな白髪がスクリーンの光りに透けている。

老人は、授業中にトイレにいきたくなった小学生のようにもぞもぞと手を挙げた。

館内を巡回する影が吸い寄せられる。横這いでスクリーンをさえぎりながら影は老人に近づいていき、正面に立った瞬間、消えた。

シルエットだけではよくわからないが、明らかに女性だ。

老人は少しだけ体を沈ませたが、画面を見つめたままだ。

「きついのをたのむよ、ロサ」

捕食者が襲いかかる。

真っ赤に裂けた傷口は性器ではなく、飢えた唇だった。耳も割れんばかりに唾液が弾ける音が館内を揺する。5メートルにも裂けた唇は薔薇のごとく収縮し、底なしの暗黒へ蛇を吸いこむ。一気には呑みこまず、徹底的にいたぶるのだ。裏側の筋を左右にねぶり、蛇の目に舌を差しこむ。

エッグのまえの席から振動が伝わってきた。「ああっ、だめ、だめだ」哀願すればするほど振動は激しさを増す。

蛇は泣いていた。

眼球のない穴から透明な粘液を振り絞り、命乞いをしていたのだ。無慈悲な捕食者は許さない。

「わたしはくる、くる、くるうう！」

独眼の蛇は真っ白い魂の素を噴出して息絶えた。

「いつもながら、すばらしかったよロサ」

老人はしわくちゃの札を影にわたした。

エッグはうしろから声をかけようとしたが、声帯が氷結したままだった。なぜならエッグは感動していたのだ。しゃがみこんだ影は、見えるはずのない映像に完璧にシンクロしていた。そのバーチャルマシンによって、老人は映画の主人公と合体できたのだ。映画はもう終わりかけている。

エッグは転校したての小学生のように、勇気を出して手を挙げた。椅子をバタンバタン折りたたんで、影が近づいてくる。

影がわたしのまえにひざまずいた。

黒いラメのドレスに驚かないようだ。たまには女装趣味のゲイだってくるのだろう。黒い指が太ももからゆっくりと這いあがってくる。自分でも何に怯えているのかわからない。エッグの震えを感じとったように真っ赤な口がぱっくりと笑う。

「怖がらないでもいいのよ、坊や」

なまめかしくくねっていた指が性器のところでぴったりと止まった。

「冷やかしはお断りだよ」

ドスの利いた嗄れ声にエッグは泣き出しそうな声でつぶやいた。

「仕事を探してるんです」

3

「よくぞ、もどってきてくれたなあ！」

葡萄色のナイトローブを着たドン・ロドリゲスはジャップとアルビノのオカマを抱きし

めた。

力を入れるとまだ尻が痛む。レントゲンでは発見できないガラス片が残っているのかもしれない。

「どうしたんですか、その歩き方?」ジャップが訊いた。

「ああ、腰を痛めてな」

排泄のたびに肛門を引き裂く激痛に娘を呪う。樺色の革で張ったクラブチェアにゆっくりと腰をおろし、ハバナ産の高級葉巻ダビドフの先を長いスペイン杉のマッチで焦がしはじめた。

「あのときは、貧血で気を失ってしまったんだよ。おまえたちを助けてやれんですまなかったな」

ドン・ロドリゲスにとってアキラは優秀な売人、つまり確実にブツをさばいてくれる金づるだった。

「それはいいんです。でも僕たちはこの街には住めません。引っ越すには敷金《デポジット》と2ヵ月分の家賃を払わなくてはならないんです」

アキラはあえてブルックリンの住所を教えなかった。

「わたしの卸値が誰よりも安いのは知っているね」

ドン・ロドリゲスは葉巻を低温でふかし、肺に吸いこまずに味わう。

「今度はいつもの3倍の3オンス(85グラム)をゆずってもらえませんか」

「はっはっは、そりゃ豪勢だな、喜んで応じよう」笑い声とともにほろ甘い煙が吐き出される。

「ちがうんです。前貸ししてほしいんです」

「なんだと、3オンスをただでよこせというのか！」

アームを鷲づかみに立ちあがろうとしたが、尻の痛みにへたりこんだ。

「信じてください」

この世界には人情など入りこむ隙はない。金で払うか、命で払うか、それだけのことだ。

「期限は？」

「3ヵ月ください。11月の終わりまでには、2500ドルきっちり返しますから」

「おまえらも知ってるとおり、わしは気が短くてな」

ドン・ロドリゲスがもみ消した葉巻がとちゅうで折れた。明るい緑色のラッパーが破れ、内臓のような茶色い葉がはみ出す。

「1ヵ月だ。9月いっぱいで返してもらおう」

反抗本能で動くやつほど罠に嵌《は》めやすい。スプーキーがアキラの腕を引っ張ろうとしたときには遅かった。

残忍な殺人者のまえにアキラが立ちはだかった。

「やってやろうじゃねえか」

4

「出てけ！」

エッグの手首が引き絞られ、むりやり館内から引っ張り出された。

ロビーの蛍光灯に無惨にも照らし出されたロサに、エッグは目をしばたかせた。

エッグが子どものころテレビで見たファラ・フォーセットばりの金髪はうすくなりながらもボリュームを保ち、白いパウダーでぬりこめた顔には幾筋もの活断層が走っている。怒りに皮膚が歪むたびかけらがこぼれ落ちそうだった。わたしのマムより年上の50代後半、いや60代かもしれない。

「いいかい、ここはあんたみたいな小娘のくるところじゃない、さっさと出ていきな！」

どんと背中を突き飛ばされ、深夜の街に放り出される。

あきらめようか。

何度もアキラを見失ってもあきらめないスプーキーの執念を思い出した。もう一度ドアを開け、階段を昇るロサおばさんの肘にすがりつく。

「しつこい小娘ね、あんたの仕事なんか、ここにはないのよ。帰ってお母ちゃんのオッパイでもしゃぶりなさい」

ステップにヤスリのシールを貼りつけた木製の階段を踏みはずし、3段下の踊り場に倒れこむ。角に打ちつけたあばら骨を押さえながらふたたび昇りはじめる。エッグはロサおばさんのあとを追って映写室に飛びこんだ。

冷房もない灼熱の空気にいっきに汗が吹き出す。ロサおばさんは巻きあげられたリールを映写機からはずし丸いアルミ缶にしまう。男がつぎのフィルムを装填し、微調整をほどこしている。チケット売り場に座っていたおじさんだった。

「しつこいガキだねえ、さっさと消え失せなっ」ロサおばさんが叫んだ。

白いランニングシャツの背中にべったりと灰色の汗を貼りつけたおじさんがふりむいた。

「おいロサ、なかなか可愛い子じゃないか。弟子に取ってみたらどうだ」

ロサおばさんが急に恐い目でにらんだ。

「じゃあ入学試験よ。あたしの亭主を3分以内でイカせてみなさい」

5

「むりよ、絶対にむりよ。1ヵ月で3オンスなんかさばけるわけないわ」

天井はおろかガラス窓までスプレーの落書きで覆われたJトレインでスプーキーは頭を抱えた。

「イーストリバーに浮かぶのはあんただけでじゅうぶんよ。いっしょに心中するつもりなんかないからねっ」

ハウストン駅の地下で乗った列車が地上に出る。ウィリアムズバーグの鉄橋越しに輝く水面にアキラが目を細める。スプーキーはアキラの透きとおった目が好きだ。二重まぶたが目もとで虹のように収束し、いっさいの欲望を捨てたジャンキーだけが到達できる高潔さがある。

「特別な作戦でもあるの？」

突拍子もない作品を生み出すアーティストだ。なにか深い考えでもあるのかもしれない。

「なあんもない」

スプーキーはゲイのファッション雑誌『アンダーギアー』でアキラをスパーンと小突いた。

橋をわたって最初の駅マーシー・アヴェニュー《Marcy Avenue》でふたりは降りた。マーシー《mercy》というのは慈悲という意味で、カソリック教徒であるスプーキーは「慈悲の街《マーシー・アヴェニュー》」という響きをとても気に入っていた。

ブロードウェイ・アヴェニューを川にむかって歩いていく。右手はプエルトリコ人街、左手はユダヤ人街だ。マンハッタンとちがって地下鉄が高架線を走っているため、その下にある商店街は暗い。おいしいライスプディングを売るお菓子屋、硬めのベーグルが人気のユダヤ人パン屋、どの街にも必ず一軒はあるありふれたチャイニーズレストラン、アキラがＵＳアーミーとインディアンの人形を大量に買いこんだおもちゃ屋、映画『ワンス・アポン・ア・タイム・イン・アメリカ』に出てくるステーキハウス「ピーター・ルーガー」を左手に越すと、裁縫工場や貯蔵庫などの大きな建物が並ぶ倉庫街だ。道のむこうに横たわるイーストリバーとマンハッタンが霞む。
101 south 6th Street.
ここが我々のスイートホームだ。煉瓦で覆われた４階建てのビルは、１階が印刷工場で右はじに「サブリナ」というプエルトリコのおばちゃんがやっている小さなレストランがある。２階はビルのオーナーでもある不動産屋がオフィスをかまえ、３、４階にはマンハッタンから引っ越してきたアーティストたちが住んでいる。

鋼鉄の扉を開けると地下室のカビくさい臭いが鼻を突く。ポリスロックと呼ばれるカンヌキ状の鍵をかける。このあたりはブルックリンでも屈指の危険地帯だと聞いている。

螺旋階段を下りると３０００スクエアフィート（約84坪）もある地下空間が広がる。床には長年堆積したほこりが土のごとく固まり、コンクリートが剥き出しの壁や天井は真っ黒に煤けている。拾ってきた中古のサンドバッグが天井からぶら下がり、これはいい運動になる。

山積みの作品群のほかにアキラとスプーキーとエッグのベッドが３つ、アキラが作った背もたれが３メートルもある黒い椅子が４脚あるだけだ。

「今日は掃除や仕事を忘れて、乾杯といきましょう」

「そうだな、オレもめでたくジャンクが抜けたし、山盛りのコーク《コカイン》で祝うとしよう」

アキラが厚いビニール袋につまった85グラムのコカインから３グラムほどを鏡の上に開けた。

「ひゃっほーう、ひさびさのアイスキャンディーだわ」

スプーキーは鰐皮のハンドバッグからタンポンとベビーオイルを取り出す。手のひらにオイルをためてタンポンに染みこませる。

「おまえなにやってんだ？」アキラが訊いた。

「なにって、あんただって知ってんでしょう。雪だるまの冷た〜いオチンチンにファックしてもらうのよ。たっぷりと雪をまぶしたタンポンがあの熱いシャワーで膨らんでいく快感、想像しただけでイキそうになるわ」

「シャワーなんかねえぞ」

「はあ？」

「シャワーどころか暖房も湯沸かし器もねえんだよ、ここは」

奈落の底に突き落とされスプーキーは、汚い床を転がっていく可哀想なタンポンだった。

……こんなとこ、人間の住む場所じゃないわ。

「ん？　なんだかおかしいぞ」アキラがカミソリでコークを刻みながらつぶやいた。指先のコークを舐め、歯茎にすりこむ。

「まさか、まさか」1ドル札を丸め、鼻から吸いこむ。

「まさか、まさか」アキラが青ざめた顔で言った。

「あのゲス野郎にいっぱい喰わされたんだ！」

6

「3、2、1、Go！」ロサおばさんが壁時計の秒針を見ながら叫ぶ。

エッグは戸惑った。はたして奥さんの見ているまえで夫の性器をくわえ、射精させていいものなのだろうか？

ろくに聞いてはいなかったけど、道徳の授業で夫婦の愛は絶対のものだと教えられてきた。エッグが5歳のときに再婚したマムは、義父を愛していたのだろうか？

答えは否《ノー》だ。

いかがわしいビジネスで成功した義父の金につられて、マムは再婚したのだ。最愛の夫を火事で失ったマムは、義父の金銭力による「安定」と結婚したのかもしれない。

誰もがかんたんに口にする「愛」ってものがわからなかった。

かつて駐車場でわたしの太ももをつねりながらマムが言った。

「あなたはわたしだけの子よ」

これは愛じゃなく、「独占？」

かって跳び箱のライオン、ホアンが言った。

「君を忘れられないんだ」

これは愛じゃなく、「執着？」

わからなかった。

都合のいいときだけ、独占と執着を人は「愛」と呼ぶ。

「もう2分も残ってないわ。ぐずぐずしてる暇はないのよ」

生まれてはじめて、義父以外の性器をほおばった。ロサおばさんという妻の見ているまえで夫のファスナーを下ろし、よれよれのチューインガムを吸いこむ。義父に教えられたとおり、右手で陰茎をしごきながら、左手は陰嚢や肛門を刺激する。キツツキ《ウッドペッカー》の要領で間隔をおきながら頭蓋の振りを加速していく。脳みそが攪拌される、思考がホワイトアウトする……この感覚を義父が「祈り」と呼ぶなら、わたしは「祈り」が好きだ。

「す、すごいぞ、ロサ、おまえのテクニックと同じだぞう!」

コンドームの先っぽが「まいりました」とばかりに舌の上に垂れてくる。

ロサおばさんが壁時計を見て叫んだ。

「2分58秒、入学試験の最短記録だわ!」

7

「くたばりやがれええ!」アキラの怒声が巨大な地下倉庫に木霊《こだま》する。

「こ、このブツが偽物なの?」

「完全な偽物だったら突っかえすこともできるが、もっとたちが悪い。こいつにはすでにたっぷりと混ぜ物がしてある。これじゃあ1グラムのラクトースだって水増しできない。金額にしたら2000ドルに近い損失だ。ちっくしょう。あのタヌキ親父ときたら、オレたちの弱みにつけこんで、味見さえさせなかったんだからな」

アキラは底の焦げたスプーンとオレンジ色のキャップがついたプラスチック製の注射器を取り出す。

「あんたジャンクはやめたんじゃなかったの」

「ああ、おかげさまでな。でもこんなクソうすいコークじゃ血管にでもブチこまねえと効きやしねえぜ」

アキラはあっけにとられるスプーキーをしり目に射ちこんだ。静脈から吸いこまれた雪解け水が心臓を心地よく締め上げ、首筋を急上昇し、頭のなかに冬の花火が打ちあがる。ミントの香りがする霧雨《ミスト》が降ってきた。ヘロインとは正反対の快感だった。同じコカインでも、鼻から吸いこむのと静脈注射ではまったくちがってくる。鼻腔吸引は意識を覚醒させ、性欲や行動力を昂進させる。注射は意識を幻惑させ、性欲を消し飛ばし、行動を一点に制限させる。射精の100倍もの快感、つぎの注射《シュート》以外のことは考えられなくなる。問題は、ヘロインが1発の注射で半日はもつのに対し、コカインの注射は15分で高揚感《ラッシュ》が切れてしまうことだ。

アキラはすぐ2発目を炙りだした。1ヵ月近い毒抜きで右腕の血管がかなり蘇生している。轍《トラックス》の跡と呼ばれる注射痕はかさぶたが落ちてピンク色の道筋を描いていた。おもしろいほどスムーズに射てる。ベッドに倒れこみ、脳内でスパークするピンボールを楽しんだ。

「スプーキー、こいつはすげえぜ。コカインの注射がこれほどいいもんだとは知らなかった。おまえもやるんなら射ってやるぜ」

3発目を炙りだしたアキラを、スプーキーは恐怖のまなざしで見ていた。

「いいかげんにしなさいよ。それでもう9発目よ。1グラムはとっくに越えてるわ」

スプーキーはもっぱらフリーベースだ。アルミホイルにおいたコカインをライターで下から炙り、気化した煙を鼻で吸いこむ。ゲイ雑誌の表紙を破り、メガホン型にして鼻の穴に差しこみ、立ち昇る龍を追いかける。中国の阿片喫煙者が「追龍《ペイロン》」と呼び、英語ではそのままChasing The Dragonという。

「1ヵ月も麻薬をぬいた体にこんな短時間で射ちこんじゃ、致死量に達するわよ」

立ちあがるたびアキラの足元がふらついている。

「わかった、わかった、もうこれが最後のシュートだ」

アキラはベッドにあおむけに倒れるが、またいきおいよく起きあがる。

「ほら、9って半端な数字じゃん。現代社会は十進法で動いてるんだぜ」

屁理屈を言って10発目を射ちこむ。クールなアキラが饒舌になるのは楽しいが、体のほうが心配だ。

「なあ、サッカーでイエローカードを2回もらうと退場になるだろ。あれほどチームが苦しいことはない。やっぱサッカーは11人いなくちゃだめなんだ。セブンイレブンがセブンテンだったら今ごろ倒産してるぜ」

アキラは11発目を射ちこんだ。

「時計だって、カレンダーだって12がすべての基本なんだよスプーキー。おまえは何年生まれだ？　1947年は、ネー、ウシ、トラ、ウー、えっオレと同じ猪じゃねえか。マウンテンピッグは猪突猛進、ぶつからねえと方向転換できねえ。しかもオレは獅子座のO型ときてるから始末におえねえ。なんの話だっけ、そうだ、そうだ、道教の十二支も、星座占いも、卵のパックも12個なくちゃ怒るだろう。約束するよ、絶対にこれでおしまいにするから」

12発目を射ちこんだ。

「なあスプーキー、月は1年で13回満ち欠けするし、マヤ人のカレンダーも13ヵ月あった。キリストが13日の金曜日に死んだなんてのはでっちあげなんだ。あれはインディオたちをむりやり改宗させ、聖なる13って数を貶めるためにカソリックの連中が考え出した大ウソなんだよ」

「もうやめてちょうだい！」

スプーキーはアキラの炙っていたスプーンを払い落とした。溶解したコカインが床に不吉な染みをつくった。

「なにすんだ！」

殴りかえそうとして立ちあがったアキラがよろよろと床に崩れる。

「このまま射ちつづけたら過剰摂取《オーヴァードーズ》で御陀仏よ。生きのびたとしても商品を使いこんでイーストリバーに浮かぶのよ。あんたの腹は腐ったガスで膨らみ、1週間も煮こんだシチューみたくとろけだすでしょうね」

アキラは大の字に倒れたまんま天井を見つめていた。瀕死の病人の目に宿った最後の光だ。

「助けてくれ、スプーキー。父親がオレを殺そうと追いかけてくるんだ。母親にすがろうとすると、オレを置き去りにして逃げていく。家族がお互いに殺し合うのが見える。血族が分けあった血を確認するために、キッチンを真っ赤に染めるんだ。5歳のオレはひざを抱えたまんま血まみれの花火を見ている。おやじも、おふくろも、妹も、肉片になって飛び散っていく。怖いよ、怖いんだよう」

スプーキーは、こんなに惨めなアキラを、いや人間をはじめて見た。とてつもなく大きな牙に食いちぎられる小動物のように震えている。

「ベッドに仰向けに寝なさい」スプーキーは静かに命令した。

アキラは服についた汚れを払おうともせず鉄パイプのベッドによじ登った。サリーに強姦されたときと同じように両手足を四隅に縛りつける。手錠やロープなどないので電気コードを使った。もちろんこんなことぐらいでアキラの苦しみがおさまるとは思っていない。コカイン注射に陥ったジャンキーから聞いたことがある。アッパー系のコカイン注射で頂点に昇りつめた者を落とす方法はただひとつ、究極のダウナー系薬物、または麻薬の王様《キング・オブ・ドラッグ》、ヘロインしかない。

スプーキーは右も左もわからない深夜3時の無法地帯、「慈悲の街」へと歩き出した。

8

全裸の美女に巨大な錦蛇がからみついている。

「えっ、これみんなロサおばさん」

映写室の壁にはたくさんの写真がかけられていた。黒い羽の仮面をつけギリシャ風の柱に縛られた写真、ヘアブラシで尻をぶたれている写真、アラビア風のセットのまえで金粉舞踏をする写真、どれもが上品な美学に満ちている。

「ああ、わたしの映画の主演女優だ。今じゃあこのとおり落ちぶれちまったが、まだ性が資本主義に呑みこまれるまえの遠い昔の話さ」

ジンをクラブソーダで割っていたロサおばさんが反論した。

「あたしゃあ、落ちぶれてなんかいないよ。この仕事に誇りをもってんだから」

エッグはジンソーダの苦味に顔をしかめる。

「いいかい小猫ちゃん、吹き仕事《ブロージョブ》はマグロになって体を売る娼婦とはちがう。男たちのしぼんだ蒸気機関に生命の息吹を吹きこみ、ピストンを燃焼させてやるエンジニアみたいなもんよ」

ロサおばさんのさばさばした口調に、エッグは好感をもった。

「肉体というソフトマシーンは全身から感情を発しているの。歯車のうねりやビスの軋みから読み取りなさい。その人が今なにを欲しているかをね。あんたにはエンジニアとしての才能があるわ」

硬直したエッグの頬が薔薇色に上気していく。

「ってことは……わたしを雇ってくれたってことですか？」

「契約金だ」

くしゃくしゃの10ドル札がエッグに手わたされた。

9

鋼鉄の扉を出ると、8月の夜風がスプーキーの頬をなでた。

あの地下倉庫は狂人の夢想そのものだ。たしかに広いし家賃も安い。しかし人を狂わせる邪気が満ちている。ベッドフォード・アヴェニューから橋げたをくぐったとき、オレンジ色の常夜灯に獣のシルエットが浮かびあがった。

スプーキーが無視して通り過ぎようとしたとたん、十数匹の影に取り囲まれているのに気づいた。昼間おとなしく昼寝をしていた犬どもが月夜とともに豹変する。人間から見捨てられ、ペットフードを与えられない野犬たちは腹を空かせていた。たとえ飼い主などいなくても、深夜の縄張りを侵す侵入者は本能が許さない。

「ねえ、いい子ちゃんだから、そこをどいてちょうだい」

鈍色に光る鼻面に放射状のしわを寄せ、黄色い虹彩が敵意を剥き出しにしている。1歩うしろに足を引いたとたん、犬はつめ寄る。こちらの恐怖心を嗅ぎとって優劣を見極めるのだ。

食うか、食われるか。

ジャーマンシェパードのボス犬はおぞましい重低音のうなりをあげて、スプーキーの喉めがけて跳躍した。

突然の銃声に獣たちが霧散する。

スプーキーは首をうしろから押さえられ、冷たい金属塊がこめかみに押し当てられる。卑屈に笑う小男がまえにまわりこんできた。

「さあ、人命救助の謝礼をいただくぜ。おれたちが助けてやらなきゃあ、おめえは今ごろペットフードになっちまってるんだからな」

いちばん恐い生き物は動物ではなく、人間だった。

抱きしめたハンドバッグを小男がもぎ取ろうとする。うしろの男は銃を頭蓋骨にめりこまさんとばかりに押しつけてくる。

「おとなしくわたさねえと、脳みそを自分でかき集めることになるぜ」

肩掛けの金具が弾け飛び、歩道に小さな音を反響させた。

「お願い、病人がいるのよ。今すぐ薬を買わないと死んでしまうわ」

スプーキーは鉛がつまったような声帯をこじ開けて懇願した。

「はっはっは、夜中の3時に開いてる薬局はサウス・サード・ストリートくらいしかねえよ」

小男がハンドバッグの止め金をはずし札を抜き取る。

「助けて、病人が死んじゃうわ。あたしの大切な人が死んじゃうのよおう！」

すがりつくスプーキーを男が振り払う。

「くたばりやがれ、オカマ野郎！」

銃底がスプーキーのこめかみにたたきこまれた。橋げたを支えるコンクリート壁に後頭部が激突する。自分の体の痛みより、アキラを救えない絶望に嗚咽がこみあげてくる。スプーキーは遺言のようにつぶやいた。

「あたしのアキラが死んじゃう、死んじゃうのよおう」

10

ネーブル色の街灯に小さな影が浮かびあがった。

スプーキーはつぎつぎと起こる「慈悲の街」の仕打ちに身構えた。影はおずおずとささやきながら近づいてくる。

「……スプーキー、ねえ、スプーキーなの」

「エッグ？」

スプーキーはひざをついたままエッグの小さな胸に顔をうずめた。言葉をつまらせながら事情を説明する。

「まかせといて、お金ならもってるわ」

エッグはしわしわの10ドル札を出してスプーキーにわたした。

「あんたどっから盗んできたの」

「ちがうわ、エンジニアの仕事が見つかったのよ」

「すてきだわエッグ、さっそくジャンク売り場を探さなきゃ。そうだ、あいつらはサウス・サード・ストリートって言ってた」

スプーキーとエッグは手を握り合って走り出した。

サウス・サード・ストリートには奇妙な列ができている。コンクリートブロックで固められた廃屋のまえには、目だけを爛々とさせた男たち、いや女たちもいる。ブロックひとつ分が欠けた穴のなかに札を突っこみ、なにかを握りしめて去っていく。スプーキーはエッグの10ドル札を穴に入れる。闇のなかで札がぬかれ、小さなパックが握らされた。

11

アキラは満身の力をこめて左手の電気コードをぶち切った。

からみついた蛇がするすると解けていく。真っ青な肌に赤い縛り跡がミミズ腫れになっていた。体をひねり右手の線を解いていく。上半身が起きあがった。開ききった瞳孔に飛びこんできたのは魅惑の雪塊と注射器だった。

「だめだ、だめだ、このままでいろ」手が勝手に足の線を解きだす。

「お願いだ、お願いだから止めてくれ」スプーンにコークを入れ水をそそぐ。

「スプーキー、どこへいったんだ。オレを見捨てないでくれよう」無慈悲な化け物がオレの体に入りこんで勝手に体をコントロールする。

「クソったれの神よ。どうしておまえは人間をこんな体に創りやがったんだ。どうしておまえはオレの理性を踏みにじり、奴隷のように操るんだ。おまえなんか、くたばれ。永遠にくたばっちまえ!」

アキラは注射器に致死量のコークを吸いこんだ。

ガッシャーン!

扉がぶち開けられる音で我にかえった。

「あんたの最愛の恋人、ヘロイーナよ」

その響きを聞いただけで、注射器を止める、止められる、止めることができた。

「この子があんたの命を救ってくれたわ」スプーキーがエッグの頭をなでている。

ベッドの上にヘロイン・パックが投げ出される。アキラは注射器につまったコカインの液を天井にむかって飛ばした。放物線を描いて銀の雨が降る。

なつかしいジャンクを溶き、炙り、吸いこみ、突き立てる。

コークの呪縛が解け、エデンの園へと還っていく。意識が溶解する寸前に、パックのブランド名に気づいた。

「無条件の愛《アンコンディショナル・ラヴ》」と。

12

「ほらほら、いつまで寝てんの。もう昼過ぎよ」

スプーキーにたたき起こされたとき、アキラはなつかしい匂いに気づいた。

「エッグも仕事遅れるわよ。早く顔を洗ってらっしゃい」

アキラは青い寝袋から裸の上半身を起こした。電線ケーブル用の丸いローラーを寝かせたテーブルには、古い文庫本みたいなトーストと、首をちょん切られたアフロヘアの群集みたいなブロッコリーサラダ、潰された眼球みたいな目玉焼き《サニーサイドアップ》が並んでいる。スプーキーはキャンプ用のコンロでつぎのを製作中だ。

「おっと、今日から全裸は禁止よ。2人の乙女と共同生活なんだから。あんたの服はベッドの足元にたたんであるでしょ」

頭痛がひどい。むりもない、昨日は致死量寸前までコカインを射ちこんだんだから。汗臭い皮パンとカミソリで裂いた黒いTシャツを着て、テーブルにむかう。目玉焼きの手前に焦げたスプーンがおいてある。最後の目玉焼きを運んできたスプーキーが笑った。

「あんたの前菜《アペタイザー》よ。これがないと飯も喉をとおらないことなんかとっくに知ってるわ」

スプーンにはわずかなブラウンシュガーがのっていた。

「昨日のパックを残しておいたのよ」

アキラはスプーキーに感謝しながら射ちこむ。この量じゃキックは弱いが、人間生活にもどるにはじゅうぶんだ。

「おお、わかってるねー、母《マ》さん《ム》」

アキラは満面の笑みとともにスプーキーの頬にキスした。

「あんたの損失を取りもどすまで家計は火の車なんだから、1日1パックでがまんしてちょうだい。それにこのお金はエッグが払ってくれたんだから」

エッグは拾ってきたバスタブの上にかがみこんで、後頭部を剃っている。アキラはうしろから駆け寄って1ヵ所だけ血が滲んだ毛穴にキスした。エッグの血は、なにか愛しい生き物の味がした。

アキラが作品棚用に作った、背もたれが3メートルもある黒い椅子を引いて、3人が食卓につく。

「まだだめよ。お祈りを忘れちゃ」

アキラは舌打ちしながらも指を組んで目を閉じる。エッグのくすくす笑いが聞こえる。

「慈しみ深き我らが主よ、愛する夫と誇るべき娘とともに朝食をいただけますことに感謝します、アーメン」

「アーメン」アキラとエッグも唱和した。

エッグがソーセージを丸ごとくわえ、おかしな噛み切りかたをしている。

「あんたケチャップのかけすぎよう」

トーストにのせた目玉焼きが夕日に染まる。

「いちいちうるせえなあ。ジャンキーは血が好きなの！」

アキラの唇はB級スプラッター映画の吸血鬼《ベラ・ルゴシ》みたいにヌラヌラ光る。

「あたしが心をこめて焼いた目玉焼きの味がわかんなくなっちゃうじゃない、ちゃんと塩コショウしてあんのよ」

「まるで……家族みたいだね」

エッグが包帯でぐるぐる巻きになったぬいぐるみのモーゼの口を借りて言う。

「黙んなさい、このミイラ熊。こんなオママゴトみたいな家族なんかいるわけないでしょ」

スプーキーがふざけてコーヒーをモーゼにぶっかけようとする。

「モーゼ、ひどいだろう、オレをオカマの亭主にしやがってよう」

アキラのぼやきをモーゼが受ける。

「はっはっは、けっこうお似合いの夫婦じゃないか」

「モーゼ、あんたが神の証人よ、今日からこの家はあたしが取りしきるわ。エッグはそのエンジニアのバイトとやらで家賃と食事代を入れてちょうだい。アキラ、あんたには本職にもどってもらうわ」

「はあ？」

「はあじゃないわよ。こんなクズでもイーストヴィレッジじゃ売れっ子のアーティストでしょ。来週大きなグループ展があるんだから、最低でも1000ドルは稼いでちょうだい」

「だって新作をつくらなきゃなんねえんだぜ。なにをつくっていいかわかんねえよ」

「そうねえ、あんたのトラウマを治療したら？　殺し合う家族なんてテーマはどうかしら」

アキラは無言でケチャップを追加する。

「とにかく、あんたは売人失格よ。親元にだまされた分とあんたが昨日つかいこんだ分を取りもどすまでいっさい商品にはさわらせないわ」

「おまえ、オレのビジネスを乗っ取る気か！」

スプーキーはアキラの胸に人差し指を突きつける。

「このエコノミックジャップ、スプーキー様を見くびるんじゃないよ。今までどおり儲けなんか全部くれてやるよ。いいかい、あたしたちは運命共同体なんだよ、1ヵ月以内に2500ドルつくらないとふたりともイーストリバーに浮かぶんだ。うす汚いドン・ロドリゲスの餌食になるんだよ」

エッグのコーヒーカップが中空で停止した。

「ドン・ロドリゲス？」

「そうさ、世界でいちばん殺したい男だ」アキラの目が復讐に翳った。

「あ、ああ……もう時間だからいってきま〜す」

エッグは逃げるように螺旋階段を駆けあがっていった。

13

「痛っ、なにしやがんで！」

エッグの側頭部が横手で張られ、映画館の肘掛けにぶつかった。

「す、すいません。これから気をつけますから」

義父であるドン・ロドリゲスを思い出すと、憎しみで男根を食いちぎりたくなってしまう。まさか義父の言っていたジャップの売人がアキラたちだとは知らなかった。

「ちぇっ、やっぱ新人じゃだめだな。おーいロサ、口直しだ」

あわてて駆けつけたロサおばさんからも平手打ちが飛んだ。

「こんど歯を立てたら前歯を全部ぬいちまうよ。今日はもう帰りな、頭を冷やして出直してこい」

エッグが映写室にもどると、オーナーが汗びっしょりの顔でふりむいた。

「どうしたんだい、ロサに雷を喰らったのかい」

「いいえ、わたしの不注意なんです」

「おまえのまえじゃ笑顔ひとつ見せねえが、ロサはおまえに惚れてるよ」

オーナーは映写機の作動音に耳をかたむけながら微妙にフォーカスを修正している。

「この映画館も1年後に立ち退き命令が出てるんだ。おれたちは引退してメキシコのカリブ海あたりに小さなバーでも開くつもりだ。それまでにロサは、おまえさんをどんなことがあっても負けない人間に鍛えあげるんだそうだ」

エッグは「愛」と「憎」を天秤にかけた。

ロサおばさんやアキラとスプーキーの愛情は痛いほどわかってる。しかし義父と母によってねじ曲げられた自分の人生はもう修正がきかない。

義父がアキラとスプーキーに手を出すまえに、悪魔を葬ってやる。

14

「なに、あの人だかり、事件でもあったのかしら」

スプーキーはアキラの腕を引っ張って急ぐ。アヴェニューBギャラリーに入りきれない人々がストリートにあふれ出していた。

「いいかスプーキー、月初めの金曜日にはな、たくさんのオープニングパーティーが開かれる。アップタウンの富豪からシャンパンをただ飲みにくる浮浪者までイーストヴィレッジに集まるんだ」

アキラはギャラリーのオープニングパーティーを嫌悪していた。

「だってあそこ、あんたのグループ展やってるギャラリーよ」

入り口では盲いた手回しのオルガン弾きまでもが投げ銭を目当てにフォスターの「スワニー河」を演奏していた。

イーストヴィレッジからたくさんのアーティストがデビューしていった。第1世代と呼ばれるキース・ヘリング、ジャン＝ミシェル・バスキア、ケニー・シャーフ、第2世代はフランチェスコ・クレメンテ、マーク・コスタビなどだ。アヴェニューBギャラリーでは第3世代を集めたグループ展が開かれていた。マイク・ビドロをはじめ、12人の作品が展示されている。なかでも観客は、黒いユーモアに満ちた「家族シリーズ」という連作に目を見張っていた。

黒と金でできた市松模様の床にはイギリス製の精巧なミニチュア家具が配置され、重厚なリアリティーを醸し出している。欧米でドールハウスは専門誌がたくさん出ているほど一般的なものだ。子どもたちはもちろん大人たちまで幸福な家族像を再構築して遊ぶのだ。ところがアキラの作品は、凄惨きわまりないものだった。

「子殺し」

包丁を握りしめたままソファーにへたりこむ母親、

足元には胸を一突きにされた息子が読みかけの本を放り出して倒れている。

まさかりを握り返り血を浴びた父親、

娘の頭は真っ二つに割られている。

「親殺し」

チェリーパイののったテーブルの横には肉切り包丁をもった娘、新聞を読みかけていた父親は背後から襲われ、パイプを投げ出す。スパナを両手で振りおろす息子、頭蓋を砕かれた母親はティーポットを落として息絶える。


「皆殺し」

息子は自転車の下敷きになり、娘は猟銃で撃ち抜かれ、父親はゴルフクラブで殴られ、母親は傘で心臓を突かれ、祖父はシャベルで首を折られ、祖母はミシンの上に突っ伏し、赤ちゃんはナイフを刺したまま木馬の背に揺られ、家族全員が死んでいる。


アキラとスプーキーが人ゴミをかき分けて入っていくと、ギャラリーのディーラーが叫んだ。

「こいつだ」

いっせいに人だかりができ、点滅するフラッシュにふたりは目をつぶった。

「あなたが家族シリーズの作者ですね。インタビューをさせてください」

アキラは不機嫌そうに口を閉ざしたままだ。

「いったいあなたはどんな家族環境で育ってきたんですか」

無作法な男がアキラに名刺を握らせると、小型のカセットレコーダーを突き出してきた。

スプーキーは話ベタなアキラを救うべく、インタビューアーのまえに割りこんだ。

「この子はね、両親を殺害した罪で日本を追われ、逃亡生活を送っているの」

アキラといると、こういうことがあるから楽しいのよねえ。ステージママにでもなったみたいだわ。

「あなたには聞いていませんよ。この人はなんなんですか」

スプーキーはプラスチックのハイビスカスをあしらったキャプリン帽の広いつばをクイッと持ちあげた。

「失礼ね、あたしはこの子の妻、いやマネージャーよ。この子はショックで失語症になったの、だからあたしが答えてやってるんじゃない」

アキラがつじつまを合わせ、黙ってうなずいてくれる。

「そうなんですか、失礼しました」

「この子がね、スランプに陥ってしまったとき、つぎの作品はどうしようってあたしに相談してきたのよ。だからあたしは言ってやったの。なにもかも包み隠さずさらけ出しなさいってね。この子は最初とても戸惑っていたけど、あたしのアドバイスに従ってお人形を並べていったわ。あたしは何度も励ましつづけたの。だってそうでしょう、芸術こそが傷ついた魂を救える救世主なのよ。芸術こそが真実を語り……痛っ！」

アキラがスプーキーのケツを思いっきりつねりあげた。有無を言わさぬ力で外へ引っ張られていく。うしろからギャラリーのディーラーが耳打ちしてくる。

「やったぞ、全作品が初日完売だ。あさってには３０００ドルの小切手を届けてやるからな」

15

エッグは順調に客をつかんでいった。

「世代交代よ」とロサおばさんは笑っているが、いままでは3分の2の客がエッグを指名する。老人たちはエッグを孫のようにかわいがり、生活保護の給付金からなけなしのお小遣いをくれる。

「老人には性欲がない」なんて、ウソよ。おじいちゃんたちは欲望を表現するのをとても醜いことだと禁じられている。「男たるもの、紳士たれ」と。エッグには老人たちの恥じらいがとても愛しく思えた。彼らは性欲をもった人間であり、同時に紳士でもあった。

後列の真ん中で手があがった。常連のエドおじさんだ。となりの席には使い古された手回しオルガンがおいてある。

「ご機嫌ようエッグちゃん、3分後にある背後位の場面に合わせておくれ」

エドおじさんはなんと全盲だ。しかし声や音だけで役者の動きが手に取るようにわかるという。エッグは少し尿の臭いがするズボンの上から風船を膨らませるようにほおずりする。芯が入ってきた古物をファスナーから引っ張り出し、眼球を失ったひとつ目の蛇を丁寧に舐めあげる。男根の形は千差万別だ。勃起しても10センチに満たないものから30センチ以上のものまで見たことがある。どんなに形はちがっても、1本の洞窟には男たちの哀しみがつまっている。唾液で「哀しみの洞窟」を洗い、ちゅうちゅうと哀しみを吸い出す。エドおじさんの半開きのまぶたが痙攣し、上半身が勢いよく反る。孤独なダムが決壊し、白濁した奔流がすべてを押し流した。

「君は人を幸せにする」

荒げた息を整えながらエドおじさんがにっこり笑う。

「世の中にはたくさんの人がいるが、他人を幸せにできる人は本当に少ない。君はその貴重な人種の1人だ」

手回しオルガンで稼いだお金でいつも倍のチップをくれる。

すぐまえの席で太い腕があがった。

少し乱暴な手がエッグの後頭部を押さえつける。この太ももの筋肉は老人じゃない。もちろん若い客もたまにはくるが、射精の遅い老人で鍛えたエッグのテクニックによって1分ももたずに果ててしまうのが常だ。

「じじいたちには悪いが、おまえほど人を不幸にするやつはいないぜ」

イチモツをくわえたまま視線をあげた。太い首筋からがっしりと張り出した顎骨、残忍な眼球がくるりとこちらをにらんだ。

ホアン！

「マンハッタン中の娼婦をあたったんだ。おまえさんにできる仕事はこれしかないもんな」

怒張した男根に窒息し、嗚咽とともに吐き出す。

「イカせなくてもいいぜ。あとでたっぷり楽しませてもらうからな。ところでもうひとり尋ね人がいるんだ。あのジャップの居所を知らねえかい。隠しだてすると、おまえさんの職場をドン・ロドリゲスに報告させてもらうぜ」

16

「君たちはいったいどんな魔法を使ったんだね」

ドン・ロドリゲスは、たった2週間で3オンスをさばいた売人たちを歓待した。100ドルもするシャンパン、ルイーズ・ポメリーを足の長いグラスにそそぐ。こぼれそうになる泡をスプーキーが音を立ててすすった。

「魔法もなにも、わたくしたちの実力ですわ」

「さっ、君も飲みなさい。わたしはこんなにすばらしい息子たちをもったことを誇りに思うよ」

アキラは形だけ口をつけると、大理石の応接テーブルにグラスをおいた。

「じつはお話があってきたんです」

「なんでも言ってごらん、こう見えてもわたしは君たちの父親のつもりだ」

アキラは所在なげに立ちあがり、暖炉の上にかけてある羊飼いの風景画を眺めている。

「お別れを言いにきたんです」

「ほお、またシカゴでもいくのかね」

やにわにアキラがふりかえる。

「しらばっくれないでください。あんたはオレたちをだました！」

怯えながらも強い意志を秘めた眼だ。

「今まではセカンドベースのブツを取引していたのに、前回はひどく混ぜ物をしたサードベースをつかませましたね」

ドン・ロドリゲスは音を立てぬように舌打ちした。

小うるさい雑魚めが、いっそひねりつぶしてやろうか。

「君たちはまだ子どもだ。本当のビジネスというものを知らない。担保もなしに3オンスを貸しつけたんだ、そのくらいのリスクマネージメントは必要だろ？」

アキラはドン・ロドリゲスと目を合わせないように、暖炉の上にあるタラベラ製花瓶やチエコガラスの文鎮を手に取っている。

「あんただけじゃない。売人だってノムラやイトーチューと同じビジネスマンです。少しでも確実な親元から仕入れることにしました」

「中国のもやし《ビーンスプラウト》か？」

なんでもご存知ですねえというようなジェスチャーでアキラが肩をすくめた。

「なにより、マッチヘッドをおまけにつけてくれるんでね」

マッチヘッドとは、マッチの頭ほどの量で天国に連れていってくれる純度90パーセント以上のヘロインだ。無水酢酸とクロロホルムを調合してつくる。マッチヘッドは別名「ナンバー4」と呼ばれる超高級品で、チャイニーズマフィアはそれをエサに優秀な売人を引き抜くのだ。リトルイタリーはチャイナタウンに侵食され、プエルトリカンマフィアのローワーイーストサイドまで手を伸ばしている。

「わたしを裏切るというのだな」

「裏切り者はあなたです」

ドン・ロドリゲスの胸に明らかな殺意が芽生えた。

「わたしを面とむかって裏切り者呼ばわりしたのは君がはじめてだ」

アキラはなにも答えず、暖炉の上にある家族写真をしげしげと見つめている。

「娘さんですか、この女の子？　たしかどこかで見たような気がするんだけど」

「ア、アイヴォンを知っているのか！」

思わず椅子から立ちあがったロドリゲスの尻に激痛が走った。

「アイヴォン？」

「1ヵ月ほどまえに行方不明になったんだ。かわいい娘を思うとわしは夜も眠れんよ」

ドン・ロドリゲスは、歪んだ微笑みとは対象的に、怒りに震える。

あいつはもはや娘なんかじゃない。わたしを辱めたやつはいままでひとりも生き残ってはいないってことを思い知らせてやる。

17

扉のまえに出したゴミ袋が破られ、注射器や血のついた脱脂面が路上に散らばっていた。

「ちっ、野良犬じゃねえな」

アキラは顎をしゃくってスプーキーに扉を示した。４重にもかけたロックが破壊され、ドアが開いている。

「いったいなにが起こったのよ」

叫びだそうとするスプーキーを制した。扉の内側においてある鉄パイプがなくなっている。

「スプーキー、ここで待っていてくれ。なかに誰かいるかも知れねえ」

アキラは足元のレンガを拾って、地下倉庫につづく螺旋階段を下りていった。

「おい、誰かいるのか」

あたりは重い静寂に包まれている。

「いるのなら返事をしろ。レンガでぶっ潰してやるから」

埃っぽい臭いがロフトから漂ってくる。

「ガッデム！」

アキラはあまりにも無残な光景に雄叫びをあげた。

新作をふくめた２００あまりの作品がずたずたにたたき壊されていたのだ。

あわてて駆け下りてきたスプーキーは、夢幽病者のごとく冷凍庫に走った。

「ないわ……チャイニーズマフィアから買ったコカインが全部盗まれている！」

「シット！」

アキラは自分の作品を蹴りまわしている。街中のゴミから創られた作品がふたたびゴミに環ったのだ。

自棄《やけ》になったアキラは無傷のキャンバスをナイフで切り裂きはじめた。ボロボロになるまで切り刻む。

家族、
家族、
家族、
家族！

わずかな食器を床にたたきつけて割る。鉄のイーゼルを振りまわし、食器棚まで粉々に砕いた。

「やめて、やめてよアキラ」

すがりつくスプーキーを払いのけ、生き残った作品を完全に壊滅させる。鉄板ブーツのかかとでねじり、すべての希望が粉塵に帰した。

しゃがみこんだアキラの背中が少しずつ波打っていく。

ひぃー、
ひぃぃー、

ひぃぃぃー、
ひっひひぃー、
ひっひっひっひぃー。
精神破綻者の哄笑が汚れたコンクリートの天井を震わせた。
「なにもかも終わりだスプーキー、家族ごっこはすべて終わったんだよ」

18

「ねえモーゼ、あたしは自分の身と引き換えにアキラとスプーキーを売ったのよ」

エッグは心臓の大動脈を引きちぎられるような苦悶に耐えていた。ニュージャージーにあるロサおばさん夫婦の小さな一軒家に匿ってもらった。成人して出ていったという長女の部屋はきちんと整頓され、ゲストルームとしてつかわれている。2階の窓からは公園の池が見える。

ロサおばさんはエッグの穴を埋めるために仕事に出かけていった。茶色がかったオールドローズ柄のカウチにうずくまり、モーゼに慰めを乞う。

「しょうがないじゃないか。さもなきゃ、おまえが義父《とう》さんに殺されるんだよ。アキラたちがドン・ロドリゲスと取引している以上、いつか手下のホアンにもばれるってことはわかっているだろう」

「でも生涯でたった2人の友人を売るのは許されないことよ」

「おっと、わたしはもう友人じゃないのかい」

「ごめん、友人はモーゼひとりきりよ。あいつらは……家族なの」

岸辺から2つの影がすべり出る。鴨のつがいだ。

「家族だなんてお笑い草だ。鴨の子どもは最初に見たものを親だと刷りこまされるらしいが、おまえとあいつらは血の1滴もつながっていないんだよ」

「あたしにだって、わかんない。死んだダディー以外の人間なんて虫けらほどにも思わなかったわ。でもあいつらだけはちがったの。このままじゃ、あたしは義父さんに、あいつらはホアンに殺される。どうしたらいいの」

淡い紅紫の萩に囲まれた池の水面が夕暮れの雲を映し、黄金に煌めく。包帯の隙間からモーゼのガラス玉が光った。

「方法はひとつ……殺られるまえに、殺るんだ」

19

アキラは極彩色の落書きで彩られたJトレインを回遊しながら今夜のエサを探した。

アルミの杖を傍らにおいた老婆が居眠りをしている。つかいこまれたハンドバッグにしっかりと肘をとおし、ひざの上に抱えこんでいる。足元におかれた新品の紙袋はメイシーズのものだ。深夜を30分ほどすぎたせいか、この車両はほかに乗客はいない。物音を立てぬように近づき、2つほどはなれた座席にかけるが、反応はない。デランシー駅でドアが開いた瞬間、紙袋をひったくって降りた。無人の改札を出てふりむくと、老婆がすがるような目でこっちを見ていた。アキラは善悪の呪縛を振りほどいて逃げ出す。

ウィリアムズバーグ橋の歩道には人影がなく、アキラは鉄柱にへたりこんだ。必死で逃げているときには気づかなかったが、紙袋は相当重い。なかには緑に金縁のリボンがかけられた箱が入っている。丁寧にくるみこまれた包装紙をむしり、箱を開ける。ロココ風の重厚な置き時計が出てきた。いっしょにこぼれ落ちたグリーティングカードを思わず開いてしまう。


ハッピーバースデイ、おばあちゃん。

今日からはおじいちゃんの代わりに、この時計が起こしてくれるよ。


永遠に眠りやがれ、ごうつくババア。おまえを目覚めさせてくれる者など、誰もいない。

アキラは狂ったようにカードを引き裂き、イーストリバーに投げ捨てた。

おまえを目覚めさせてくれる者など、誰もいない。

おまえを目覚めさせてくれる者など、誰もいないんだ。

20

ハドソン川に揺れるネオンを背にスプーキーはＡＭＧのエンブレムをつけたメルセデス

に駆け寄っていった。気取って腰を振り、長いキセルをくるくるまわす。

「あたしのヒナ菊《デイジー》を摘ませてあげましょうか」半開きの窓にメンソールの煙を吹き入れる。

「ユア・クレイジー・デイジー！」

ゆっくりと全開になった窓にスプーキーが微笑みかけた瞬間、目の前が褐色に染まった。まつ毛に炭酸が小さく弾ける。マクドナルドのジャンボ・コークが浴びせかけられたのだ。スプーキーは散乱した氷に足を取られ、尻もちをつく。見あげたひたいに空になった紙コップがこつんとぶつけられた。排気ガスにむせながらも立ちあがる。

ここはゲイたちの住むクリストファー・ストリートのはずれにある桟橋《ピア》で、昔はかんたんに客を引くことができた。まわりの美少年たちはつぎつぎとリンカーンやマスタングに乗りこんでいく。

「おねえちゃん、すてきなブロンドだねえ」首筋を男の手がなでた。

「あら、そうかしら」

スプーキーが気取ってふりむくと、口ひげをはやしたハードゲイが笑った。むんずとかつら《ウィッグ》をむしり取られる。

「やめて、なにをするのよう」

かつらが宙を舞い、むこう側にいた男がキャッチする。スプーキーは色素が欠如したカーリーヘアを隠しながらすがりつく。

「お願い、返して、返してちょうだい」

集まってきた男たちがおもしろそうにかつらをキャッチボールする。

「ほらこっちまでおいで、時代遅れの幽霊《スプーキー》ちゃん」

ヒールをくじき、ひとりにもたれかかる。そいつはスプーキー突き飛ばし、受け取った男がまた突き飛ばす。

「おまえさん、立つ場所をまちがえてるぜ。コニーアイランドの化け物屋敷なら必ず雇ってもらえるよ。ほらブルックリンまで泳いでいきな」

スプーキーはハンモックのように両手足をつかまれ、真っ黒な川面に投げこまれた。

水しぶきのなかから女王の亡霊が浮かびあがる。

ずぶ濡れのまま桟橋を這いあがってきたスプーキーの形相に、にやけていたゲイたちが凍りついた。

「10ドルでいいのよ、病気の息子に薬を買わなくちゃいけないからねえ」

スプーキーは屈辱と引き換えに手に入れたはした金をアキラに運びつづける。アキラは良心と引き換えに奪った品物を売り飛ばし、地下鉄やグレイハウンドバスのターミナルで置き引きをくりかえした。すべての金は腐れきった静脈のなかに消えていく。

「なあスプーキー、オレって死んだほうがいいんじゃねえか」

地下倉庫のまえにはホアンの手下がうろついているので、ふたりは青い寝袋をひとつもってウィリアムズバーグ橋で夜を明かす。マリーゴールド色の街灯に照らされたアキラの横に腰をおろし、鉄柱に背をもたせかける。こうしてアキラの陰に隠れているのがいちばん安心する。

「なに言ってんのよ、あんたが死んだらあたしが生きてる意味ないじゃない」

イーストリバーの水面を地下鉄の閃光がなめ、マンハッタンの光芒を乱反射する。集積された電光の中心からエンパイアステートビルディングが天空へせりあがる。4段階に鋭角化していくビルは青くライトアップされ、小塔に紅い航行灯を明滅させている。

「あの摩天楼は夜空に刺さった注射器なんだ」

死人のように透明な瞳でアキラがつぶやく。

「先っぽから血を垂らした神殿なんだよ。信仰深いジャンキーたちは決して祈りを欠かさない。摩天楼はオレたちの欲望を吸いあげ、神々へととどける」

スプーキーが買ってきたジャンクをアキラがくるぶしの内側にある静脈に射ちこむ。腕の注射ダコは黄色い膿が噴き出し、もはや使い物にならなくなっていた。

「だからあんたは、そうやって祈るのね」スプーキーはからかうように微笑んだ。

「我々が一生不幸でありますように、幸福の罠から守りたまえってね」

絶望の飽和点に達した「幸福」にスプーキーはうめいた。

「あたし、死ぬまであんたにジャンクを運びつづけるわ。だからいつまでもいっしょにいてね」

21

玲瓏《れいろう》な三日月が、川向こうにあるスチーム工場の煙突に切りかかろうとしている。

エッグはブルックリンの川沿いにある操車場《スウィッチヤード》にホアンを呼び出した。10年以上もまえからつかわれなくなった廃墟だ。錆ついた線路は雑草に覆われ、すべての窓を割られた車両検修庫のまえには潜水艦そっくりの黒い石油貨物が横たわっている。

「おまえさん本当にひとりできたのかい」

ナンバープレートを剥がされ打ち捨てられた車の屋根から、堅牢な影が飛び降りた。

「モーゼといっしょよ」

エッグはぬいぐるみを抱きしめたまま近づいていく。

「これが最後通告だ」ホアンが厳めしく、ささやいた。

「おれの女になれ」

エッグはぬいぐるみの腹に仕込んだサバイバルナイフを握りしめる。

「最後の女にならなってあげるわ。こうやってね」

エッグのかかとが地面を蹴り、肘を支点に全体重をホアンにもたせかけた。

「死ね！」

ホアンの下段払いにモーゼが撃墜される。レールに弾けるナイフの金属音が夜の帳《とばり》を裂いた。

「やっぱり、そういうつもりだったのかい」

自分のわき腹にできた浅い傷からぷっくり滲み出す血を、ホアンが中指でぬぐい、酷薄な唇でしゃぶった。

「血には血で償ってもらうぜ、ウサギ狩りだ！」

車両検修庫の暗闇からつぎつぎと人影が現れる。

エッグはモーゼを拾いあげると、川にむかって逃走した。

男たちは間隔をつめながら包囲してくる。手首がぐいとつかまれ、振り払ったとたんレールに足を取られた。目の前に落ちていた蛍光灯をつかみ、男の顔めがけて投げつける。ボムッとバルブが破裂し、白い鱗粉が月に煌めく。男が視覚を失った隙に立ちあがり、フォークリフト用の台から割れた板を引き剥がし、5、6人の影にむかって振りまわす。なにかに引っかかる手ごたえ、板の先についていた釘が男の背中に刺さったのだ。釘の先には蛙の内臓みたいな肉片がぶら下がっていた。べつの男の太ももを引っかき、倒れた男の顔面めがけて振りおろすとき、側頭部が激打された。ホアンの上段回し蹴りが入ったのだ。頭蓋がよじれるような痛みに昏倒する。

「お姫さまのベッドはここだ」

イタリアンマフィアが乗りまわしていたマセラティ3200GTのボンネットに投げつけられる。ウインドシールドは蜘蛛の巣状のひびに覆われ、運転席のドアがもぎ取られている。エッグは全身が麻痺して動けない。

「祭りだ、祭りだ、火を焚け！」

まわりにあった4台の廃車にガソリンがかけられ、炎上する。原始の闇に浮かびあがる炎がエッグの幼い頬を舐め、生け贄の儀式がはじまった。

22

盲しいた老人の奏でる手回しオルガンの音が人々を郷愁に誘う夜、アキラはスプーキーとアスタープレイスを歩いていた。「壊されたものと同じ作品をつくれ」と強制するギャラリーとケンカ別れしてきたばかりだ。

「ずいぶん稼いでたなあのじじい」

「目が見えなくたって必死でがんばってるのねえ、本当に偉いわ」

「よし、今夜の獲物はやつだ」アキラはなんのためらいもなくきびすを返した。

「あんた気でもちがったの、目の見えない人から盗むなんて人間のやることじゃないわ」

アキラはスプーキーを制して走り出す。

「ああ、とっくに人間は卒業したぜ」

アキラは小銭のつまったよれよれのフェルト帽をかっさらうと、地下鉄の入り口に突っこんでいく。

「ドロボーー、誰かそいつを捕まえてくれーっ」

オルガンを抱えた老人には追いかけることなど不可能だ。泥棒慣れしたニューヨーカーは誰も助けようとはしない。

「なんであたしまで逃げなくちゃいけないのよう」スプーキーも必死でアキラのあとを追う。階段を下りきったアキラがあわてて引きかえしてくる。

「ポリ公《カップ》だ」

地上からはポリスカーのサイレンが迫ってくる、万事休すだ。と、その瞬間、スプーキーがフェルト帽をひったくった。

「なにするんだ！」

アキラの質問にも答えず、構内に駆けいっていく。あっけにとられるアキラの横を２人の警官が走り降りていった。タイルの角からのぞくと警官たちに取り押さえられるスプーキーがいた。

23

エッグのラメドレスが左右に引き裂かれ、小さな乳房の上にのった木苺が両わきの男たちにくわえこまれる。ドレスとともに黒い透かし模様の入ったパンティーが宙を舞った。小さく縮れた小陰唇が月光に露出する。

「本当にいいんですか」

エッグの太ももをわきに挟んだ男がホアンに訊いた。

「ああ、ドン・ロドリゲスの命令だ」

エッグのなかでもうひとつの殺意が突きあげてくる。

義父を殺すまでは、死ねない。

エッグは一切の抵抗をやめて、男たちの性玩具《トイ》になった。

「小猫ちゃんの切り裂かれた喉を舐めてやれ」

いがらっぽいうなりをあげて男が股間に吸いついてくる。生暖かい舌が陰核の包皮襞に溜まった恥垢をすくいとり、粘ついた唾を膣口にぬりこまれる。青いひげ剃りあとに陰毛を1本貼りつけて男が顔をあげた。

「さあ、お注射の時間だ」

亀頭の裏側を膣前庭にこすりつけ、腰をすべりこませ《グラインド》てきた。男根《ディック》が処女膜に亀裂をつくり、痺れるような鈍痛が股間を襲う。内臓のなかに異物が挿入される不快感、運命に蹂躙される屈辱感。

「うおおおーい」

エッグは顔面の筋肉を眉間に絞りこみ咆哮した。ボンネットからずり落ちそうになる腰がバドミントンのシャトルのように突きあげられる。

「ビッチ、ビッチ、てめえの排水溝をつまらせてやるぜ」

ストロークが激しさを増し、先端が痙攣した。心音とともに吐き出される精液が膣からあふれ出し、尻の割れ目をつたって小さな肛門へと垂れる。男はテカった男根を炎にさらす。亀頭の溝から中指ですくうと、赤黒い血液が糸を引いた。

「だから言ったろう、本物の処女だって」

ホアンが頭上であざ笑う。8人の男たちは股間をしごきながら順番を待ち、つぎつぎとのしかかってくる。

メタリックブルーのボンネットに、血の赤と精液の白がツイストキャンディーのごとき宗教画を描く。敬虔な信者たちは「ＦＵＣＫ！　ＦＵＣＫ！」と聖歌を歌いながら、エッグの子宮に礼拝していった。

24

スプーキーの腹部に尖ったつま先がめりこんだ。

コンクリートが打ちっぱなしの留置場の床にうつぶせのままうずくまる。ひしゃげた鼻から、ネズミの尿の臭いが染みこんできた。

「喉仏や体の中心は蹴るな」

年配の白人警官が殺気だった部下に指示する。

「だから、あたしひとりでやったのよう、共犯なんていないわ、何度言ったらわかって……うっ」

年配の白人警官がバブルガムをくちゃくちゃ嚙みながら尋問する。

「あの老人はな、絶対おまえじゃないと言い張っている。やつには、おれたち以上にものが見えるんだ。証拠にはつかえんがな」

警官の口から水腫のごとく膨らんだガムが割れた。立派な口ひげについたカスがはがれない。「ちっ」と舌打ちして、部下に顎をしゃくる。若い警官がスプーキーのわき腹を蹴り、仰向けにひっくりかえす。

「おまえが誰かを匿ってるのはわかっているんだ。どうせそいつにもすぐ捜査の手が伸びるだろうよ」

ブーツのかかとが頬にめりこみ、顔面を踏みにじられる。ぷちっと音を立てて唇が縦に割れるのがわかった。表皮の裂けた唇はタラコのようにもろく崩れる。

「口を割らねえなら、こっちで割ってやるぜ」

かかとがいったん引きあげられ、掘削機となってたたきつけられる！

スプーキーは口を押さえたまま床を転がり、壁に衝突して止まった。

小刻みに痙攣するスプーキーを上司が抱き起こした。血を喉につまらせないためだ。

ぐしゃぐしゃに壊滅した唇がわずかに歪む。欠けた前歯が肉色の筋でぶら下がっていた。

スプーキーはスパイ映画のヒロインのように微笑んだ。

「口が裂けても、言えないことってあるのよね」

25

「なんだ、その目は」

ホアンは憎々しげにエッグを見おろした。

おまえは陵辱されてもなお、にらみかえしてくるのか。その誇りはいったいどこからくるんだ。おまえの憎悪はそれほどまでに力を生むのか。

8人目の男に腰を突きあげられながら、エッグは包帯だらけの態をホアンにむかって突き出す。

「可哀想なやつだな」

どこまでもおれを侮辱するつもりだ。

潰す、潰す、潰す、おまえのプライドをこっぱみじんに粉砕してやる。

ホアンは射精寸前の手下を手刀で払いのけた。エッグの頭を鷲づかみ、男根で顔を穢《けが》す。てめえの唾液の酸っぱい臭いを思い知れ。

亀頭で鼻をこすりまわし、眼窩にむりやり性器を突き立てる。首から上に開いた穴のなかで突っこめるのは、シンメトリーを欠いた口だけだ。エッグは肛門のごとく唇をすぼめて必死で抵抗する。下顎に手のひらの土手をかけ、力で押し下げる。エッグの咬筋がゆるんだ。ペニスが呑みこまれる瞬間、戦慄が走る。

エッグは途方もない力で、ホアンを噛んだ。

26

やつは純粋バカの結晶《クラック》だ。

アキラの身代わりになって逮捕されたスプーキーはもう4日間も帰ってきていない。スプーキーの気持ちは痛いほどわかっていた。4年も違法滞在しているオレが捕まれば、確実に強制送還されただろう。前科がつけば、アメリカにもどってくるのは永久に不可能だ。

スプーキーの純粋さに応えられる感謝はひとつしかない。

アキラは本気でジャンクをやめる決心をした。

麻薬中毒治療をおこなってくれる病院を探した。セント・ヴィンセント、マウント・サイナイ、NYUメディカルセンター、ベス・イスラエル、片っ端からあたったが、違法滞在者を受け入れてくれるところはない。売人たちの情報をもとに麻薬治療の最後の要塞ハーレム・ホスピタルを訪ねた。

身分証明書の提示を求めないかわりに、アンケート用紙のようなものをわたされた。医院長の直筆サインとともに、太字でこう書いてある。

「この書類は決して警察に提出されないことを誓約します」

しかしそのあとにつづく項目にアキラはため息をついた。

「殺人」、「窃盗」、「強姦」、「詐欺」など、ありとあらゆる犯罪が並んでいたからだ。

とうとうオレも落ちるところまで落ちたな。

アキラは「窃盗」のところに丸をつけ、黒人ジャンキーたちと待合室に座った。

滝のようなよだれを垂らしながら居眠りする者、みかん色になった白目を剥き出し罵詈雑言を独白する者、ベンチシートのあいだを8の字に徘徊しつづける者、社会の底辺からさえも掃き捨てられた、人間の墓場だった。

「ここはどんな治療をしてくれるんですか」

巨大な蝉の抜け殻のごとく固まったとなりの男が答えた。

「メタドンだよ。こいつを飲んだら、いくらジャンクを射っても効かなくなるんだ」

ジャンキーたちの噂で、メタドンはかつてアドルフ・ヒトラーにちなんでアドルフィンと呼ばれていたという。

アキラはオレンジジュースのように加工されたメタドンを飲みつづけたが、人間が生み出した人工麻薬への嫌悪はますばかりだった。それと反比例して神々が与えたヘロインへの渇望が募っていく。

黒人医師は紫色になった尿検査の試験管を目の前に突き出した。

「メタドンを売ったな？」

アキラはためらいがちにうなずいた。

「その金でヘロインを買ったな？」

アキラはこうべを垂れ、敗北を認めた。

「自分の力じゃどうにもならないんです」

医師は灰色の事務机にアキラのカルテをトントンと打ちつけ、整理をはじめた。

「残念だが、君の治療は今日で打ちきらせてもらう。わたしは同じセリフをくりかえすのにあきたよ。君には自分で麻薬をやめようとする意志がない」

アキラはこの宣告を予想していた。

「最後に忠告しておく。薬物をやめるには2つの方法がある。意志と環境だ。君は自らの意志で治療に通ったが、挫折した。残された道はひとつ、環境を変えることだ。今すぐこの街を去りなさい。まったくちがう環境で一からやり直すんだ」

医師は立ちあがり、アキラの背中をせかすようにドアから押し出した。

「はい、つぎの人《Who's next》」

27

ホアンが産卵期のカエルのような悲鳴をあげて崩れた。海綿体が破れ、充満した血液が噴出してくる。エッグは犬歯の隙間にはさまった包皮のかけらを吐き捨てた。

「そんなもんがついてるから、オイタをするんだよ。はっはっは」

笑うモーゼがもぎ取られる。

ホアンの右腕が弓なりにたわみ、放物線の軌跡に包帯がたなびく。

ストップモーションで炎のなかへ飛翔するモーゼを追った。

限界まで見開かれたエッグの水晶体に炎上するモーゼが映る。

心が焦げた。

組みついたホアンにふたたび押し倒され、ボンネットの隆起が脊柱を打つ。太い指が喉を締め上げ、親指が気管に、中指が頸動脈に、食いこんでくる。

「モ、モ、モーゼエー!」

声無き叫びが声帯をこじ開ける。遠のく意識のなかに悪夢がよみがえってくる。煉獄の火に身もだえするぬいぐるみに死んだ父親の姿が重なる。

エッグは無意識のうちに自分の爪をジグザグに噛み、ホアンの眼瞼《がんけん》に突き入れた。ボンネットからのけ反り落ちたホアンの胸に馬乗りし、眼球と上眼瞼挙筋《じょうがんけんきょきん》の隙間に、ずぶりと、中指をめりこませる。線路に跳ねかえるホアンの前髪を鷲づかみ、全体重を指先にかけてねじりこんでいく。爪が眼球の裏側にある脂肪をかき分ける。眼球をつなぎ留める上直筋に第1関節を引っかけ、抉り抜く。

「うおおおー」

ぶしっと視神経が切断される感触が伝わってくる。いっしょに持ちあがるホアンの頭を枕木にたたきつけると同時に、ジェリー状の繊維を引きちぎった。恐怖に立ちすくんでいた男たちが駆け寄り、悶絶するホアンを担ぎ去っていく。もはやエッグに立ち向かおうとする者などいなかった。


静寂が夜の傷口を洗い、エッグは枕木の上に横たわった。

ひとりぼっちだ。

星々は艶やかな光沢を放つ黒雲に隠れ、三日月は腐食した闇のなかに逃走した。

握りしめたホアンの眼球は羊膜にくるまれた胎児のごとき弾力を返してくる。

まるでもともとあった場所にもどすかのように、股間に押しこむ。

血と精液で清められたヴァギナは卵をつるんと呑みこみ、子宮の奥へと吸いこんでいく。

「おやすみモーゼ、もう目を閉じて眠りなさい」

28

スプーキーはマーシー・アヴェニューの駅を降り、なつかしの我が家へ急いだ。

「死の夢《モリル・ソニャンド》」と名づけられたオレンジシェークを、「もしまずかったらお金はいりません《If you don't like, don't pay》」と看板を掲げるほどの名物店で2つ買った。アキラの数少ない好物だ。アキラにビタミンCを摂らせるにはこのシェークしかない。2つ分の3ドル50セントを払いながら、ガラスに自分の顔を映してみる。2本欠けた前歯が気になる。どうせアキラに「おまえ、ますますマヌケ面になったなあ」と笑われるに決まっている。

ホアンの手下もいないし、地下倉庫の鍵も開いていた。

2週間以上もぶちこまれていたら、ほとぼりも冷めるわよねえ。

「アキラ、たっだいまー。お勤めを終えたわよ」

階段を下り、アトリエに入ったとたん、正面の壁にスプレーペイントで書かれた落書きが目に飛びこんできた。

Goodby Spooky！Goodby New York！

第4章　地上より永遠に

From here to eternity

ケチャップはいろいろな食材や料理の味をおいしくデザインする魔法の調味料です

1

「天国にきたら、麻薬《ジャンク》をやめることができるのだろうか」

ワイキキビーチはあらゆる幸せの形象で彩られていた。

林立するレンタルサーフボードの隙間から青が吹きこぼれ、視界にエメラルドグリーンの海がせりあがってくる。ウインドサーフィンのカラフルな帆が貿易風《トレードウインド》をはらんで滑走し、ダイヤモンドヘッドまで真珠色の砂浜が華麗な弧を描く。

「いや、このまま天国でくたばれりゃあ、手間がはぶける」

10メートルを越すパームツリーが連なるカラカウア・アヴェニューには白亜の高級ホテル郡が眺望を競い、シーフードレストランやおみやげ屋が軒を並べる。ロイヤルハワイアン・ショッピングセンターから高級ブランドの紙袋を抱えて出てくる日本人観光客、サングラスにアロハシャツ姿でソフトクリームを舐めるアメリカの老人夫婦、ゲータレードのチューブボトルをしゃぶりながらジョギングするヤッピー、ここでは一切の不幸が立ち入りを禁じられている……はずだった。

「クソッ、ヤク切れのジャンキーにとっちゃ、ここは地獄だぜ」

白昼のまどろみに浮かんだ悪夢のごとく、ヤシの木陰に転がる1個の異物。

生ける屍は邪悪な死臭を発散していた。

青白い肌、くぼんだ眼窩、痩せこけた頬、両腕には黄色い膿と黒いかさぶたがモールス信号のごとく点在する。首筋や足の甲まであらゆる静脈が注射痕で覆われ、太ももやふくらはぎにも自分で引っかいた傷だらけだ。

「もしかするとオレはたちの悪い夢を見てるのかもしれない」

ビーチに足を踏み入れると、微粒の砂がやさしく受け止めてくれる。思わず裸足で走り出したくなるほどの心地よさだ。ワイキキビーチは、わざわざ裏オアフから砂を運んでつくりあげた人工楽園である。アウトリガーリーフ・ホテルのテラスでフローズンマルガリータをすするカップル、ハイネケンのビーチパラソルの下でペーパーバックを読む西洋人、ハイビスカスのブラをはずして背中を焼く北欧の美女、高校生たちはTシャツを宙に放り投げて海へとダッシュしていく。

「夢なら早く醒めてくれ」

ノースショアではパドルアウトさえできないおのぼりさんが大きなナンパ道具、サーフボードを抱えて女の子たちをあさる。彼女たちもまんざらではないらしく、まぶしげな笑顔を返している。あらゆる欲望が明るい太陽の下で満たされる地上の楽園だ。

「いっそオレを地獄の大釜にほうりこんでほしいもんだ」

アキラはビーチタオルもしかず、赤ん坊のように体を丸め、灼熱の苦難に耐えていた。陽に透けるまぶたがひくつき、止めどない鼻水が砂を黒く染めている。

「あの人だいじょうぶかしら、さっきからずっと痙攣してるわよ」

ポコっとビーチボールがぶつかった。アキラは半眼を開き、地球儀の模様が描かれたボールに震える手を伸ばす。拾いにきた子どもがあわててかっさらい、泣きながら逃げていく。

天国の住人がもっとも目にしたくない汚物をアキラは全身で体現していた。

ギャラリーに「家族シリーズ」のレプリカを売りつけ、やっとのことでハワイ行きのチケットを買った。違法滞在者だから国外に出ると二度とアメリカにはもどれない。そこでニューヨークからいちばん遠い州、ハワイを選んだのだ。べつにニューメキシコでもアラスカでもどこでもよかったが、ハワイには海と太陽がある。11月とはいえ、常夏の楽園だ。それが逆に最後の禁断症状と闘うアキラをなぶるのだ。

円形の屋根をもった頭蓋の舞台で、天使と悪魔が肉体を争奪する。

「この島にだってジャンクはあるぞ」

「だめ、ここで負けたら死ぬまでジャンキーのままよ」

「ふん、つまらん意地を張らずに、一瞬の快楽に身をまかせればいいじゃないか」

「絶対にだめ、意志をしっかりもって自分の運命と闘うのよ」

「いいか、ダウンタウンのはずれにはチャイナタウンがある。ジャンクを売っていないチャイナタウンなんて世界中探してもあるもんか」

巨大な眼が毛細血管から鮮血をほとばしらせて水平線に沈んでいく。太陽は眠った。もう誰もオレを咎《とが》める者はいない。アキラは光に吸い寄せられる夜行昆虫のようにネオン街へ歩き出した。

「アキラのバカ！」

聞き覚えのある声が叱りつける。頭のなかで響いていた天使の声は、スプーキーにそっくりだ。

アキラは「神」を探しにいった。

近代的なビルが建ち並ぶ官庁街は夜に呑まれ、古い木造建築が目についてくる。ペパーミントグリーンやシャーベットオレンジの淡いペンキがひび割れ、反りかえり、不思議な郷愁をかきたてる。あやしいバーやさびれた居酒屋、連れこみホテルやビリヤード場など、ところどころガスの抜けたネオンサインがまたたく。

やっぱりオレは楽園にはむいていないらしい。アキラはジャンクの売り場を探してチャイナタウンに踏みこむ。ハワイで見る漢字の看板はどこか近未来に迷いこんだようだ。サトウキビ刈りの人夫として100年以上もまえに移民してきた中国人は、よその国へ根づいてもライフスタイルを変えない。そのおかげでオレたちは、どこへいってもチャーハンや中華丼、そしてジャンクにありつけるのだ。

飴色にブロイルされたアヒルが太い鉤で首吊りにされ、小腸につめられた血や肉塊が窓に飾られている。

剥き出しの「死」、あるいは「生」。殺菌消毒されたワイキキとは対照的な「死臭」にアキラは安堵した。

「ジャンクを探してるんだ」

白々しい蛍光灯に露呈されたビリヤード台のグリーンが発光する。入り口に立つ用心棒は、ガムを噛みながらアキラの目を見ずに言った。

「カフナは奥のドアにいる」

ヤニで黄ばんだ壁には、自転車のチューブで吊るされたシャフトが何十本もかけてある。コルト45をあおりながらプレイする若造が、キューの先端にチョークをすりこみながら笑った。

「カフナのチョークは、おまえの首を絞めるぞ」

白墨の「chalk」と、絞め殺す「choke」をかけたジョークの意味を計りかねた。

「カフナ伝統医学研究所？」

自然木に彫られた看板にはそう書いてある。

おそらく痛み止めのモルヒネでも横流ししているのだろう。アキラはいぶかりながらも、半開きになったドアを開けた。

「オバンデース」

ブロンズ像のような巨漢がハンモックから手を振った。

「日本語ですか？」アキラは英語で訊いてみた。

男が読みかけの『ペントハウス』を診察台に放り出し、少年野球のグローブほどもある右手を突き出してきた。

「ワタシの、オッカサン、ニホンジン。ホントに、オバンデス」

ポリネシア系の黒い肌からまぶしいほど白い歯が剥き出される。くりっと大きな瞳は愛嬌さえ感じさせるが、ボタンを留めてないアロハからきっちり8つに分かれた腹筋が隆起している。おそらく50歳は越えてるだろうが、恐るべき筋肉美だ。

「あなたがカフナさんですか」アキラは日本語で訊いてみた。

「カフナ、ハワイの、シャーマン。ワタシのナマエ、プニ」

部屋の棚にはジャム用のガラス瓶につまった薬草が並んでいる。植物だけじゃなく、牡蛎やシジミ、トカゲの黒焼きやサメの軟骨まである。むかし絵本で読んだ魔法使いの部屋にそっくりだ。

「ミスター・プニ、ジャンクを1パック譲ってください」

「あっはっは、ガイジンに、ハイドーゾ、デキナイ」

いきなりアキラの手首を握ってくる。引き抜こうとしてもびくともしない。

「静かにしろ、脈診だ」

英語に切り替えたとたん、プニの声は凄みを帯びる。長いまつ毛を伏せて、ひとりで小さくうなずいている。

「治りたいか」

プニがこぼれそうな眼球で見つめてくる。

「でもむりのようです」

「じゃあこれをやるから、好きなところで野垂れ死ね」

ヘロインのパックとプラスチックの注射器が診察台の上に放り投げられた。念願のジャンクだ。アキラは20ドル札をおき、出口にむかう。

「おまえの体は治りたがっている」

全身がびくりと固まった。プニの視線そのものが蜘蛛の巣のような電磁波になり、からめ捕られていく感覚だ。

「体はボロボロだが、いい目をしておる」

「はい、2・0です」

「バカヤロ、視力のことじゃない。眼光のもつ力だ」

プニが死者を裁くオシリス神のごとき言葉をアキラの背中に突き刺した。

「つぎの1歩で決めろ。逃げるか、闘うかをな」

2

「いったいどうしたの！」

ロサおばさんの声が遠くから聞こえた。

「エッグ、お願いだから目を開けて」

ロサおばさんが必死であたしを揺さぶっている。

両手で顔が挟まれ、冷たい水を吹きかけられた。うすいまぶたがわずかに痙攣し、ゆっくりと開いていく。

「エッグ、しっかりしなさい」

ここはロサおばさんの自宅だ。目を開くと手足に露草色の痣が見えた。

「よかった、どうやら生きてるようね。階段から足を踏みはずしたの？」

「ううん、2階のベランダから飛び降りたの」

エッグが遠い目をして下腹部をこすった。

「どうしてそんなバカなまねすんのよ」

ロサは両腕にエッグを抱えあげると、ソファーへと運んでいく。


「ロサおばさん、どうやったら……流産できるの」

エッグは妊娠していることをはじめて人に言った。

ロサおばさんが産婦人科クリニックに連れ添ってくれた。新年が明けてだいぶたつというのに、門の横にはまだクリスマスツリーが飾られている。

「しょせん人間なんて遺伝子の奴隷よ。遺伝子ってやつが戦争で人を殺し、女を犯し、子孫繁栄万々歳で、わたしたちがここにいるのよ」

「ロサおばさん、それってぜんぜん慰めになってない」

家庭的な内装をほどこした産婦人科クリニックの待合室には、本物の暖炉があった。2人の妊婦が揺り椅子に座って談笑している。

エッグは時折こみあげる嘔吐感にバンダナで口をおおった。乳房が張り、乳輪が黒ずみ、膀胱が圧迫されるせいかトイレが近くなる。レモンドロップを舐めると、少し気分が落ちついてきた。

問診用の質問用紙に、病歴、妊娠歴、避妊法、アレルギー、家族の持病、先天異常、服用中の薬、アルコールとカフェインの摂取量、喫煙、麻薬、などについて記入する。看護婦に案内され、身長と体重、血圧を測られる。蛋白や糖分を診る尿検査の紙コップをわたされ、トイレで採尿したあと、窓口に提出した。

名前を呼ばれ、診察室のドアを開ける。

無機質な大学病院とはちがい、女医がアンティックな椅子から立ちあがってエッグの手を握った。ピンク色のフェイク・スキンが張られたソファーにロサおばさんと座るようすすめられる。女医が問診表を眺めながら言った。

「どこにも問題はありませんね」

妊娠反応を診るための採血が済み、性病と子宮頸癌の内診で診察台に寝かされた。目を閉じたとたん、義父と母親のおぞましい笑い声が響く。

強姦者の子、
強姦者の子、
おまえの運命は呪われているのだ。

どんなに肉体を検査されようとも、エッグの心を診断することはできない。

「あなたはとても出産に適した健康状態ですよ」

女医の屈託のない笑みに、エッグは憎悪さえおぼえた。

強姦者の子、
強姦者の子、

おまえの運命は呪われているのだ。

クソ忌々しい神《Goddamn》め。呪われた運命ならば、決着をつけるまでだ。

義父を殺さないかぎり、わたしは憎しみの呪縛から解き放たれない。

3

スプーキーの肛門にぬられたアーモンドオイルが摩擦熱によって馨しい香りを立ち昇らせる。

可憐なヒナ菊が収縮したかと思うと、男根を締めつける隙間から黄緑色の便が花火となって飛び散る。

陰毛が隠れるくらい腹の垂れた客があわてててすっぽ抜く。

哀しみの洞窟からは粘液状の便が涙のごとく流れ出した。

「おれをコルク栓だと思ってるのか！」

怒った客はバスルームに飛びこみ、1セントも残さず帰っていく。

「ブラックホールの魔術師」と呼ばれた直腸がいうことをきいてくれない。スプーキーはいきつけのホテルからもシーツを汚すと敬遠されていた。

ずっと微熱がつづき、肌が乾燥する。反対にわきの下やひざの裏側にはじくじくした湿疹が痒みをもたらす。

「もしかして病気？」

スプーキーは首筋にできた小豆のような腫れ物をこすった。

プルシャンブルーの夜空から可憐な淡雪が舞いはじめた。

「アキラ見て、今日もエンパイアの神殿は輝いてるわ。あんたが祈りをやめたら、あたしが引き継ぐしかないじゃない」

スプーキーはウィリアムズバーグ橋の鉄柱にもたれて注射針を突き立てた。

この一瞬だけがアキラとつながれる。

「あんたがあたしを捨てたことなんか、ちっとも恨んでないわ。だってあたしなんかといたら、ダメになるもん」

声に出してつぶやいてみると、センチメンタルでかっこいい。

「あんたは創るために生まれてきたのよ」

スプーキーはこの言葉が気に入った。なんだか自分が偉くなった気分だ。

あたしがこんな名セリフを吐いたら見直してくれるかなあ。

スプーキーは両腕を広げて、くるくるまわりはじめた。橋床を照らす街灯のスポットを浴び、紙吹雪がそそがれるスターのようだ。

「あんたは創るために生まれてきたの、タララッタ—、あんたは創るために生まれてきたの、チタタッタ—」

いい感じ。ちょっと大げさな振りをつけてつづけてみよう。

「たしかにあたしたちは地獄をくぐってきたわ、タララッタ—。でも地獄を語る資格があるのは、そこを抜け出した者だけなのよ、チタタッター」

くうーっ、われながらいけてるわぁ〜。でもこんな長いセリフ、アキラに再会するまで覚えていられるかしら。

「タララッター、チタタッター」

スプーキーはコカインをやめ、完全なヘロイン中毒となった。目的を失った男娼生活はさらにすさび、落ちていた注射器で仲間のジャンキーが残したコットンを吸う。

……再会できるあてさえないのに。

がっくりとひざを突いたスプーキーのまわりを粉雪が渦巻き、存在理由さえもかき消していく。

実態を失った影は消滅するしかないのだ。

4

「フラダンスを見せてやる」

アキラは思わず吹き出した。この体型で、しかもむさ苦しいオヤジがフラダンスかよ。

プニが、がに股に開いた両足を踏ん張り、両手を高く差しあげ、あやしい呪文を唱えだした。

「エーホーマイカヘケー、マイローナーマイヤー」

本当に踊りだしちゃったよ、このオヤジ。

「ノーナーメーヤーホーナーノーヤウ」

突っ張りのようなポーズで手のひらを左右に突き出す。

「ノーナーメーレーエー」

ドッスンと、30センチもある足が四股を踏む。

「エーホーマイ、エーホーマイ、エーホーマイ」

野太い掛け声が日本語の「エイホー」にも聞こえる。フラダンスというより、相撲部屋の稽古だ。

「もともとフラは男だけの踊りだ。観光ショーの近代フラ・アウアナは、古代フラ・カヒコをアレンジしたものだ。フラは神に捧げる祈りの踊りなのだ」

「さっきのうなり声、いや歌は、なんて意味なんですか」

「天なる知恵を我らに与えたまえ。歌に隠された秘宝を、我らに与えたまえっていう意味だ」

プニは長いまつ毛をユサユサまばたかせながら、愛嬌たっぷりに話す。

「ピコピコしてみろ」

いきなりピコピコしてみろと言われても、まさかチンポとかじゃないだろう。プニの目の前で人差し指をピコピコしてみた。

「わけのわからんことしてないで、息を脳天にむかって吸いこみ、へそにむかって吐き出す。ハワイ伝統の呼吸法だ」

アキラは目を閉じて指示に従った。

「少しずつ息を大きく長く上下させるんだ。脳天とへそ、天井と床、最後は大空と大地をつなぐイメージで」

なるほど、息が上下にピコピコしてるようにも感じる。筋肉の弛緩が解け、心が落ち着いてくる。

プニのごぼう巻のような人差し指が診察台を指し示す。

「ロミロミしてやる」

「ピコピコのつぎはロミロミですか。う、うわ！」

うつ伏せになったアキラの脊柱に、ぶっとい肘がめりこんでくる。痺れるような痛みにのけ反った。

「この肝臓は60歳の老人だぞ。ただな、おまえの体は途方もない治癒力をもっている。両親に感謝しろ」

たしかに山登りの好きな父親は病院にいったことがないという。母親は交通事故で足を引きずっているが、健康だ。

「もうひとつ、なにかおまえを支えてる影のようなものを感じる。そいつがおまえの不幸を肩代わりしてくれている」

誰だろう？

考える間もなく、足裏の激痛に悲鳴をあげる。プニが古代模様の彫られた棒で足のツボをこねくりまわしてくる。

「コレ、カバ。アナタ、バカ」

プニは咀嚼していた黄色い乾燥根を唾液とともにマグカップに吐き出し、ココナッツミルクをそそいで突き出した。

アキラは、表面に浮かんだ唾液の泡に戸惑う。こいつのペテンにもてあそばれてるだけじゃねえのか。

プニがふたたび英語に切り替える。

「カバの主成分であるカバインとメチスティシンとヤンゴニンは脂溶性だ。だから脂肪分の多いココナッツミルクに混ぜる。リラックスする、飲め」

ほのかな苦味がココナッツの甘みで緩和され、それほど不味くはない。ひさびさの栄養素を胃壁が貪るのがわかる。後頭部が微妙に痺れ、軽いトリップ感が心地よく神経繊維に広がっていく。

「おまえ、セックス、シナサイ」

枕元に放り出された『ペントハウス』が嫌でも目に入る。『プレイボーイ』のすかした美女より、となりのお姉さん的な女が小陰唇を人指し指と中指で広げている。

「ガールフレンドも金もないのに、セックスなんかできませんよ」

プニは満面の笑みをたたえてアキラの腕を引っ張り起こした。

「アナタ、ハーレム、イク」

プニは潮風に錆びついたバンにアキラを放りこんだ。

「起きろ、仕事だ」

アキラは自分が今どこで目を覚ましたのかわからなかった。こんなに熟睡できたのは何年ぶりのことだろう。不思議とどこも痛まずに起きあがることができた。悪寒は残っているが、皮膚の下を這いまわるおぞましい蛆虫たちが消えていた。そうか、昨日の荒療治で禁断症状が半減されたらしい。

「今日からおまえはわたしの奴隷だ」

ドアのまえに立つ老マッチョマンは、プニだ。

「まずは洗顔とシャワーだ、こい」

平屋建ての広い建物は直接海につうじている。裏口のドアからテラスに出ると、いきなり海に突き落とされた。つづいてプニがバカでかい飛沫をあげて飛びこむ。

「これがハワイ式の洗顔とシャワーだ。いっぺんですべてが済んでしまうなんて合理的だろ。そうそう、これもな」

プニが水面下に両腕を沈め神妙な顔をする。アキラはとなりで何度も顔をぬぐう。

「もしかして、朝ションですか」

プニはおまえもやれと言いながらも、急いでテラスに這いあがった。4畳半ほどのスペースに人工芝が貼ってあるイカダがプラスチック製のドラム缶の上に作られていて、「ＫＡＷＡＳＡＫＩ」と書かれた見慣れないマシーンが10台ほど並んでいる。丸顔の日本人が整備しているので声をかけた。

「おはようございます」

彼は分厚い黒縁のメガネでふりむいた。

「ぼくはマーク、日系人だけど、まるっきり日本語がわからないんだ。それでプニは君を通訳に雇ったんだよ」

「はあ、通訳ですか」

「プニはジェットスキーのビジネスもやっていて、日本人の観光客もたくさんくる。つい1週間ほどまえに日本語ができるインストラクターがやめて困っていたんだよ」

プニがテラスに木製のサラダボウルをもって現れる。

「通訳だけじゃ済ませねえぞ、おまえも今日からインストラクターだ」

プニがゆで卵の白身だけをほおばり、黄身を水中にいるアキラにむかって放り投げた。反射的に手で黄身をキャッチする。

「だめだめ、口で受け止めろ。海で働く男はまずお魚さんの気持ちを学ぶんだ」

プニがつぎつぎに黄身を放ってくる。鼻にぶつかったり、水中ジャンプでくわえたり、もう20個くらい食っている。マークが腹を抱えながら笑っている。

「プニはボディビルディングのシニアチャンピオンなんだ。もうすぐ大会だからダイエットで気が立ってるぞ。気をつけろ」

マークが運転するモーターボートでイカダをマウナルア湾に牽引する。ダイヤモンドヘッドとココヘッドにはさまれた穏やかなビーチだ。アキラは注射ダコを隠すためにウエットスーツを着せられた。

「さっ、客がくるまえに練習だ」

ＫＡＷＡＳＡＫＩのジェットスキーはスタンディングタイプのもので、初心者用にはまわりに浮輪が取りつけられている。プニが浮輪のついていないジェットスキーを2台、水面におろした。ライフジャケットを着て、アキラも飛びこむ。流線型のカプセルのまえにはアームが持ちあがるハンドルがついていて、うしろには立つためのフラットスペースがある。

「アクセルとブレーキ、それだけだ。バイクや自転車とちがって体を傾けても曲がらない。ハンドルだけで操縦するんだ」

ひざを後部にあて、下半身を水中に沈めた姿勢でスタートする。バイクも車も運転したことのないアキラは恐る恐るスタートボタンを押し、アクセルをひねった。とてつもない馬力で暴れ馬が疾走する。立ちあがるどころか、振り落とされないのがせいいっぱいだ。プニがやすやすと立ちあがり、鮮やかなシュプールを描いていく。

「立て、立つんだアキラ！」

ようやく片ひざを立て、腰を持ちあげる。立った、立てたぞと顔をあげると大きな波が迫ってくる。波の斜面がジャンプ台になり、宙を舞った。頭から落下したアキラの鼻や口にキーンと痺れる塩水がそそぎこまれる。やばい、このままじゃジェットスキーが沖へと流されてしまう。水面に顔を出すと、ジェットスキーはあざ笑うかのようにアキラのまわりを旋回している。プニがわざとアキラに飛沫がかかるようにドリフトターンする。

「ぐずぐずしてねえで、もう1回」

もっとやさしくしてくれよ。オレはまだ病人なんだからさ。しかし思いっきり体にムチ打つことによって細胞が活性化してくるように感じる。今までのオレは病気に甘えていた。

病気のままでいたがっていたのだ。

マークがモーターボートで岸辺から客を運んでくる、ビキニの美女たちを満載して。

プニはオレをしごくことにサディスティックな悦びを感じているらしい。

「おまえは鍛えれば鍛えるほど強靭な野性が目覚めてくる。これほどおもしろい実験動物に出会ったのははじめてだ」

くたくたに疲れてオフィスにもどってくる。ガラクタ同然のジャンキーが今日1日で50人もの客にジェットスキーの乗り方を指導したのだからしかたがない。

「ボス、任務を完了しました」

海に張り出したテラスに飛び移ったとたん、よろよろと倒れこむ。7時間もイカダの上で揺られていると、陸地にもどってしばらくは真っ直ぐ歩けない。プニはほくそ笑みながら命令した。

「おまえの1日はまだ終わっていない」

憐れみを乞うように見あげたが、ダウンタウンにあるビルの2階に拉致されていった。フィットネスクラブなどというなまやさしいところではなく、選手権を競うボディビルダーたちがかよう本格的なトレーニングジムだった。

男の汗が充満したロッカーには大きな鏡が張られ、そこを通るときマッチョたちはクイッとナルシスティックなポーズをとる。シニアチャンピオンであるプニはここの顧問も務めている。

がりがりに痩せた東洋人に視線が集まる。プニは怯えるアキラをみんなに紹介した。

「こいつが次期チャンピオン候補だ」

蛍光灯に照らし出された部屋には、近未来の拷問器具を思わせるマシーンが並んでいる。

軽いストレッチのあとエアロバイクで体を暖めさせる。耳たぶに洗濯ばさみのような脈拍センサーをつけ、年齢や性別を入力すると、デジタル画面が運動負荷パターンを示す。

わけもわからないまま耳障りなピッチ音に合わせて必死でペダルをこぐ。

「おまえの頭にはギヴアップという単語がないらしいな。土壇場に追いこまれれば追いこまれるほど体が自動的《オートマティック》にチャレンジしてしまう。おまえの生命力はただもんじゃない。うっひっひ、こりゃあ、いじめがいがあるわい」

プニは古典的なベンチプレスを指した。黒いカバーがまえの人の汗でねっとり光っている。2本の把手で支えられた大きなバーベルのあいだにアキラが仰向けになる。刻みのついたグリップを握り、把手からはずそうとするのだが、びくともしない。

アキラが凶暴な犬歯を剥き出し、全力で持ちあげる。両腕がぷるぷる震え、注射穴だらけの血管が破裂しそうだ。

プニはバーに指を添え、把手にもどさせるのをじゃました。

「ほらほら、落としたら肋骨を折るぞ」

アキラが鼻面にしわを寄せて吠える。敵を威嚇する狼そっくりの表情だ。

「もっともっと苦しめ。世の中は苦しみから逃げる人間であふれている。選ばれた人間だけが苦難を享受できるのだ」

プニは新しいおもちゃを買ってもらった子どものごとく笑った。

「おまえには苦しむ資格がある」

5

60個もの眼球がホアンを見つめた。

黒い天鵞絨《ビロード》ケースには、戦争や事故などで失明した患者用の義眼フィッティングセットが入っている。もちろん丸いガラス玉ではなく、プロテーゼ素材を使った半球状の眼球が精緻に再現されている。初期装着時の回転を防止するために上部だけを軽くしてある。もちろん内側にしぼんだまぶたを引っ張り、やっと表皮が乾燥した眼窩に嵌めてみる。もちろん異物感はあるものの、みごとな出来栄えだ。

緊急医療室に運びこまれたホアンは、退院後51丁目にあるワシントンジェファーソンホテルに移り住んだ。3センチもあるクロゴキブリがタイルを横切るバスルームで、鏡に映した顔は別人だった。

「いったいどんな親が片目をなくした息子を喜ぶと思う？」

祖父の代からアメリカに移住した父親は配管工をやっている。どれほど殴られたか数えることもできないが、真面目一本槍の男だ。ホアンがドン・ロドリゲスのもとで働くのをひどく嫌っていた。

「ドン・ロドリゲスは、同胞のプエルトリコ人を兵隊アリとして使い捨てる」と父は言っていた。

幼いころから兄弟のように育ったミゲル《ファット》を、やつはランドリーに放りこむようにイーストリバーに捨てやがった。アイヴォンを性奴隷のごとく調教し、おれのプライドを踏みにじった。

ホアンは義眼をつぎつぎに嵌めていく。

親が親なら、娘も娘だ。屈強の男たちを従えるおれにも屈しない女。やつは冷酷無比な父親にさえ屈しなかった。暴力で支配できない人間をはじめて見た。それはホアンにとって驚きであり、恐怖であり、畏怖すべき崇高ささえ感じさせるものだった。

外科手術ではなく、手づかみで抉り出された結膜嚢が収縮し、最小の22ミリでも痛い。健眼の虹彩位置や強膜の充血度に合わせ100ドルほどでオーダーメイドもできるが、しょせん自分の目にはならない。

フィッティングケースがおかれた3つ足テーブルを思いっきり蹴った。

リノリウムの床にじゃらじゃらと義眼が散らばる。

60個もの視線が、エッグに抉り出された「哀しみの洞窟」にそそがれていた。

おれを見るな。

同情の目で見るな、蔑みの目で見るな、嘲笑の目で見るな。

「クソッ《shit》！」

鏡が自壊した。

長年見慣れてきた顔に亀裂が走り、パラパラと剥がれ落ちる。破片が洗面台に弾け、バスルームタイルに尖った音を響かせた。

自らの敗北を認めた瞬間、不思議な感覚が心をおおった。ちっぽけな自我を放棄し、なにか大いなる力に身を捧げるような感覚、あえて似た言葉を探すなら「宗教心」とでも呼べるような感情だった。過去の仮面が剥がれ落ち、剥き出しの愛情がせりあがってくる。やにわに心を支配した決心にホアンはうめいた。

「おれの目の代わりになれるのは、あいつしかない」

6

エッグは「神のラストメッセージ」を伝えるドイツ製ワルサーPPKを、テキサスの業者から手に入れた。スプーキーのお父さんに発砲したのと同じ型だ。

「遅い」

エッグは偽名でレンタルしたロードバイクのサドルにまたがり、時を待った。プジョーのブランドネームが黒文字で印刷された黄色いニット、流線型の穴が開いたヘルメット、チタニウムフレームの吊りあがったスモークグラス、合成樹脂の手袋は、どこから見ても本物のメッセンジャーそのものだ。これなら、誰からも怪しまれることはない。

交通渋滞が飽和点に達したマンハッタンでは自転車で書類を運ぶメッセンジャーという職業が隆盛を極めていた。義父が朝食に通うウクライナ・レストランの裏手に自転車を停める。

義父とマムに復讐をすませれば、わたしは人生をまっとうできる。

自分というくだらない存在は、なんの罪もない赤ちゃんにメッセージを託す資格などない。まだ張り出してもいないお腹をなでた。子宮の奥で握りこぶしほどに成長した命を感じる。強姦によって生まれた子どもなんて不幸になるに決まっている。もし捕まるようなことになれば、この子といっしょに自分の命も絶とう。

セカンド・アヴェニューの角から義父と母が現れる。

いずれにせよ、なつかしいシルエットだ。かつてわたしは2人に手を引かれ、真ん中を歩いていた。

突然手のひらがじんと熱くなった。

醜悪な思い出なのに、時間は憎しみをそぎ落としてしまう。

だめだ、だめだ、だめだ。

エッグは手のひらに冷酷さを呼びもどそうと、ワルサーを握りしめる。

反射テープつきのショルダーバッグから拳銃を抜き取った瞬間、何者かが組みついてきた。

「おまえは誰にもわたせねえ！」

エッグの手首が外側にひねられ、ワルサーが奪い取られる。ロードバイクの上に突き倒され、前輪のハブが腰骨に食いこむ。青いサングラスをとおして失われた左目が見えた。

ホアンだ。

「おまえは逃げろ！　人を幸せにするためにな」

ホアンが皮肉な笑いを残して走り出す。義父の顔が凍りつくのがわかった。あっけないほど乾いた銃声が4発、早朝のまどろみを撃ち抜く。義父の突き出た腹や胸が赤黒く染まり、崩れた。マムが目を剥いたまま甲高い悲鳴をあげる。ホアンが怖い顔でふりむき、頑健な顎をしゃくった。混乱したエッグにもその意味はわかる。「ぐずぐずしてねえで、逃げろ」というのだ。黒い皮バンドのついたクリップペダルにつま先を突っこみ、太ももに力をこめる。よろよろと走り出したバイクはスピードをあげ、ダウンタウンへとくだっていく。ふりかえれば、その場に立ち尽くし逃げようともしないホアンの後ろ姿があった。ポリスカーがけたたましいサイレンをあげて何台もすれちがう。もちろんメッセンジャーに注意を払う者などひとりもいなかった。巨人族の双子である世界貿易センタービルが青空を反射し、エッグの足は無意識に加速していく。

どうしてなの、どうしてなのよホアン。

あんたはあたしが憎いんでしょう？

憎くて、憎くて殺したいはずでしょう？

それを、身代わりになって助けてくれるなんて。

得体の知れない感情がエッグの小さな胸を締めつける。

スモークグラスのしたから流れ落ちる涙が風に引きちぎられて後方へ飛散していった。

その1粒1粒が「今ここにある世界」を完璧に映しとり、アスファルトに砕けていくのだ。

7

「覚悟はできてます」

清潔なカーテンで仕切られた小さな診療室で、スプーキーは診断結果を待っていた。

「ＨＩＶ抗体検査はスクリーニング検査と確認検査の２回おこなわれます。まず酵素結合免疫吸着検定法《ELISA》であなたは陽性と出ました。しかしスクリーニング検査で陽性だったとしても、偽陽性の可能性もあります。そこで間接蛍光抗体法《IFA》という確認検査であなたの血清を１６０倍にまで希釈していって……」

「陽性《ポジティブ》だったんでしょ」

医師が小さくうなずくと、スプーキーはにっこり笑いながら手をたたいた。

「なにごともポジティブに考えなさいってママが言ってたわ。あたしは子どものころから、すっごいポジティブに生きてきたんだから」

「陽性と診断されて喜んだ患者はあなたがはじめてだ」

医師は両手のひらを上にむけ肩をすくめた。

「ええとですね、ＨＩＶに感染すると免疫が破壊されてしまい、健康だったらなんでもないような弱い病原体で発病してしまうんです。これを日和見感染《Opportunistic infection》といいまして……」

「その言葉も好きよ。あたしってよく都合のいい女《Opportunistic girl》って言われてきたわ。まるであたしのために神様がつくってくれたような病気じゃない。」

医師はグレーの回転椅子をくるりと横にむけて机の上のカルテを見た。

「食道にカンジダというカビが生える鵞口瘡《がこうそう》と、カリニ原虫に感染して起こす原虫性肺炎の疑いがあります。ひとまず検査入院という形をとって、精密検査をおこないたいと思います……」

「えっ本当っ、こんな宮殿のようなところに泊めていただけるの」

医師は両目を片手で覆って小さく「神よ」とつぶやいた。

「とりあえず情報提供だけはさせてください、医師の義務ですから。治療薬は大きく分けると、逆転写酵素阻害剤とプロテアーゼ阻害剤があります。いくつかの薬を併用することによってHIVに耐性をつくる隙を与えなくするためのものです。これをカクテル療法といいまして……」

「わあっ、カクテルまでいただけるなんて」

医師は説明するのをあきらめて看護婦を呼んだ。

「この貴婦人《レディー》を宮殿《パレス》へ案内してやってくれ」

医師は完全に混乱していた。

「やつの気がふれたのでないとしたら……聖人だ」

「おまえさん、なにで染ったんだい」

6つのベッドが並ぶ病室には明るい冬の陽射しがこぼれ、空調で適温に制御されている。となりで寝ている男が仕切りのカーテン越しに話しかけてきた。青白い皮膚の下に透明な紫斑が散らばっている。

「神様から感染されたのよ」

 スプーキーは未来の自分を見せつけられたように怯えた。

「はっはっは、ちげえねえ。エイズの潜伏期間は早くて6ヵ月、10年以上も発症しないやつもいるが、発病したら半数が1年以内に死ぬ」

 スプーキーは頭から毛布をかぶり、耳をふさいだ。

「おれはなあ、ハイチで染されたんだ。アメリカのゲイが少年をあさるポルトープランスでだ。純粋な目をしたかわいい少年だった。きっとあいつがエイズだと知っていて、おれと寝たんだなあ。スラムに住む家族を養うには、それしか方法がないんだ。あんたも誰かに染したか?」

 スプーキーは自分の背後を通り過ぎていった客の顔がひとりも思い出せなかった。唐突にサリーの顔が浮かんくる。

「ひとりの女と寝たわ」

「安心しろ、正常な性行為による感染率はたったの0・1から1パーセントしかない。問題はだ……」となりの男はいっそう声を低めた。

「エイズは、人工的に作られた細菌兵器だってことだ」

 スプーキーは耳を疑い、毛布から身を起こした。

「メリーランド州フォートデトリック[A]とニューメキシコ州ロスアラモス[B]にある米国陸軍化学細菌兵器研究所[C]が社会的弱者を抹殺するために開発した人工ウイルスなんだ。

ケニア、ウガンダ、ザイールでは世界保健機構の種痘にＨＩＶウイルスが混入され、ニューヨークでは輸血用の血液とヘロインのパックに混ぜられたそうだ」

スプーキーの顔がみるみる青ざめていく。

ヘロインのパック？

じゃああたしが調達したヘロインで、アキラも感染してるってこと？


「ウィリアムさん、面会ですよ」

巡回の看護婦が連れてきたのは、ジーン・セバーグのようなショートカットが似合う女の子だった。

「あんたぽっちゃりしちゃって、ちょっと乳まで膨らんだんじゃない」

エッグには珍しく大きめのチュニックを着ている。

「ティーンエイジャーは日一日と女になるものよ」

「でもよかったわー、マーシー・アヴェニューのロフトに出した手紙がとどいたのねー」

エッグは後ろ手に取り出した水色の封筒をひらひらさせた。

「あんたの手紙といっしょに、もっとすごいのを見つけちゃったんだけど」

「ええっ!?　まさか！」

「ふふ、そのまさかよ」

メトロポリタン美術館に所蔵されてるエジプトのパピルスでも扱うように、スプーキーはアキラの手紙を開いた。手紙は使用済みになった航空チケットの裏に殴り書きされていた。

「親愛なるスプーキー、ハワイは海と太陽の楽園だぜ」

ふん、あたしの楽園はあんたよ。

シーツの上にはらりと落ちた写真にスプーキーは目を見張り、疑い、吹き出した。

真っ青な海を背景にビキニパンツ姿のアキラが写っている。全身が真っ黒に焼け、みごとな筋肉が隆起していた。逆三角形の上半身をひねり、サイドチェストというボディビルディングのポーズをとり、白い歯を剥き出して笑っていた。

「悪い冗談でしょ、絶対に合成写真よね」

スプーキーは失神するほど咳きこんでも笑いを止めることができなかった。手紙がさらに追い討ちをかける。ボディビルのチャンピオンにしごかれ……ジェットスキーのインストラクター……週に3度のセックスだって。

「あっはっは、さすがの化学細菌兵器もあのおバカさんには太刀打ちできないわねえ」

8

「だいじな話があるんです」

アキラはハンモックで『ペントハウス』を読むプニの枕元に立った。

「オマンコより、ダイジか？」

プニの視線に射すくめられ、小さくうなずいた。

「よし、おまえの話は天国で聞こう」

H—3フリーウェイでオアフの東にあるカネオへにむかう。ハイク谷のはずれに車を停め、アキラとプニは「立ち入り禁止」と書かれたフェンスをくぐる。

「海軍の通信施設だ。これから700メートルの天国の階段を昇る」

見あげれば、急角度の絶壁に鉄のはしごが張りついている。プニが61歳とは思えぬ身軽さで80キロの巨体を押しあげていく。鍛えあげられたアキラもやすやすとついていく。

H—3フリーウェイが2本のうどんからスパゲッティー、そうめんからデンタルフロスに見えるほど、眼下に遠のいていく。はしごが壊れたところは樹木に縛ったロープをつたって昇る。腕の筋肉が疲れてきたころに、傾斜がやわらいできた。

「ここはヘイアウといって、カフナ《シャーマン》の養成所だった。長老から薬草の知識だけでなく、霊的な知恵を授けられた場所だ」

頂上のごつごつした礫岩に腰をおろすと、南側に広がる真珠湾の複雑な入り江が見わたせる。アキラは汗ばんだ迷彩パンツの尻ポケットからエッグが送ってきた手紙をプニにわたした。

「オレって、卑怯ですよね」

アキラはカネオへの町から遠く水平線にかすむアメリカ本土、そのまたはずれにあるニューヨークへ思いをはせた。エッグの手紙には、自分がハワイにいるあいだ、やつらがくぐってきた過酷な運命が書き記されている。

「ワタシ、ラッカサンのかわりに、オッカサンせおって、ここからとびおりようとした」

プニは真面目になるときに必ずくだらない日本語ジョークを言う。

「オッカサンは日本語と生け花を教えていたというだけでサンド・アイランドにある日系人抑留センターに強制収用された。豚小屋よりもひどいところさ」

プニが真珠湾を憎々しげに見おろした。

「日本人もアメリカ人も勝手にハワイにやってきて戦争する。日系人のスクールメイツはフランスとイタリアに第100歩兵大隊として送られ、わずか10ヵ月でほとんどが死んだんだ」

断崖の切っ先に立つプニは孤独な青銅像だった。強烈な海風がプニの縮れ毛をなぶり、はだけたアロハシャツを国旗のごとくはためかせる。

「わたしはアメリカへの忠誠を誓わされ、通信部隊に入った。なにしろ18歳だったからな。ここは大昔から見張り台に使われてきた場所だ。戦争中はラジオ通信のために交代制で寝泊まりしていたんだ。滑車で持ちあげたコンビーフやパンを食いながら水平線ばかり眺めていたよ。なぜ空と海のあいだに線を引くんだろうってね。おまえが今座ってる岩に、ガールフレンドを四つん這いにさせて、ケツの両肉をグイッと分けながらモールス信号を打つんだ。ツツー・トントン・ツー・トトン。オッカサン元気ですか、ツツー・トントン、わたしは生きてます、ツー・トトン、わたしは生きてますってね」

ひざを曲げて腰を振るプニは笑っていなかった。

「生きのびたわたしもおまえも卑怯者だ。もともと生きるということは卑怯なんだよ」

アキラは無言のままうなずいた。

「海軍のジョークでこんなのがある。無人島で伴侶とするなら、上半身が人間の人魚と、下半身が人間の人魚とどっちを選ぶ？」

ううん、むずかしい質問だ。セックスはしたいが、魚の顔をした人魚の息は臭そうだし。ウンコ味のカレーと、カレー味のウンコと、どっちを食うという質問と同じだ。

「おまえ、半魚人とやれるか？」プニが自嘲する。しかし、アキラの答えはプニの予想を超えていた。

「ぜんぶ、やる」

空と海をへだてる水平線が夕暮れの残照にかき消される。プニが大笑いしながらアキラの襟首をつかんだ。

「おまえみたいな悪党は見たことがない。好き勝手にやれ、さあ天国の階段を下りる時がきた」

9

「ほら、ちゃんと鏡もっててちょうだい。もっと右、ちがう下よ」

スプーキーはエッグをどやしつける。

「今日は一世一代の晴れ舞台なんだから」

スプーキーは化粧道具をベッドの上にぶっ散らかしている。

洗顔フォームでしっかりと顔を洗い、乳液をすりこむ。コットンにたっぷり染みこませたスキンコンディショナーで化粧水には時間をかける。美容液は手で押さえながらなじませ、下地不要タイプのファンデーションで土台を整える。気になる目の下のクマを隠すため、コンシーラで肌の色と同じになるまでぬりかさねる。一度ファンデーションをティッシュで押えてからアイブローパウダーで眉頭から眉尻を整え、アイブローペンシルでアートする。アイシャドウを指でアイホールにぬって、白系を眉の下に、茶系を目の際にまぶし、エスプレッソ色のアイライナーでアイラインを引く。ビューラーでまつ毛をカールしてから、毛虫みたいなマスカラブラシでダークブラウンにぬる。仕上げはリップグロスとリップラインでできあがりー。

「あたし、綺麗?」

鏡に問いかけた。

遅いわねえ。今からホノルル出るなんて言わないでちょうだい。

アコーディオンカーテンから陽に焼けた指がにゅうと差しこまれ、ゆっくりと開いた。

「よう、ひさしぶり」

ええーっ、マジー!

別人のように健康を取りもどしたアキラが、照れくさそうに笑った。

「ああ、死むう、死むう、死むう」

スプーキーは宗教画の聖人ごとく左手をあげ、右手で心臓を押さえている。

小麦色に焼けた肌、はちきれんばかりの筋肉にも驚いたが、虹のような二重まぶた、透明なまなざし、はにかむような笑顔は昔のままだ。

「ああ、死むう、死むう、死むう」

いや、もう死んでもいい。世界一好きな人と再会できたんだから。

「おまえ、痩せたなあ」

太陽のぬくもりをもった手のひらが頬にふれた。

「ダイエット成功よ」と笑いかえそうとしたが言葉にならない。

……ぎゅっと抱きしめられた。

「ああ、死むう、死むう、死むう」

体中の関節が歓喜の軋みをあげる。

「会いたかったよう、死ぬほど会いたかったんだよう！」

こんな幸せ、味わったことない。

「ああ、オレもだ」

2時間もかけた化粧が崩れる。アイシャドウがドロドロに流れ、つけまつ毛がはがれ落ち、パンダゾンビになる。アキラの頬をキャンバスに、喜びの絵の具をぬりまくった。

「家族再生ね」

スプーキーはアキラの頬をキスで絨毯爆撃した。

「おまけに孫までできちゃったしな」

アキラがエッグをふりむく。

「えっ、あんた妊娠してたの。まさかアキラの子どもじゃないでしょうね！」

エッグがうつむきながら首を振る。

「あたしの子よ」

「とにかく家族がふえたことはめでたいじゃないか」

アキラがお日様のように笑う。

「ふん、どうせインチキ家族のくせに」

エッグが言いかえす。

「ああら、偽物だから素敵なんじゃない。本物なんて真実と同じくらい退屈よ」

スプーキーがきっぱりと言い放った。

アキラがぼそりとつけくわえる。

「ああ、目玉焼きには、血よりケチャップだ」

10

アキラはブルックリンの地下倉庫に忍びこんだ。

カビ臭い匂いが立ちこめたアトリエは取り残された遺跡のように眠っていた。破壊をまぬがれた5枚ほどのキャンバスを電気コードで縛る。

はじめて描いた油絵だ。

自画像は別人のごとく孤独だった。

ふとアキラは、サファイア色の孤独を一生抱えて生きようと思った。

それはアキラにとってかけがいのない宝物だったから。

イーストヴィレッジとウエストヴィレッジの中間にあるアスタープレイスで地下鉄を降りる。ラファイエット・ストリートにある5階建てのビルにはこう看板が掲げられていた。

ニューヨーク・アカデミー・オブ・アート。

モダンアートのメディチ家と呼ばれるディーマネル家の当主であるスチュアート・パイヴァーは、とてつもない構想を描いていた。

「ダ・ヴィンチやミケランジェロと同じ教育を受けさせる学校をつくる」

アンディー・ウォーホルも理事に名を連ね、グッケンハイム美術館やメトロポリタン美術館がバックアップする壮大なプロジェクトだ。

500人もの応募のなか、たった20人の生徒しかとらない。もし合格すればウォーホルなどの奨学金がもらえる。

面接やデッサンの試験はない。自分の作品数点と過去の作品をスライドや写真におさめたポートフォリオを提出する。それを先生と理事たちが選考するという。

「受付は昨日までです」黒人のおばさんが窓口で言った。

アキラががっくりと肩を落とし帰ろうとすると、にっこり笑う。

「決定した20人に、今朝1人欠員ができたんです。もしあなたの作品が落ちた数百人より上なら可能性はありますよ。受けつけましょう」

油絵を差し出すと、おばさんが驚く。裸のキャンバスを電気コードで巻いてあったからだ。ほとんどの応募者は作品をバブルラップなどできれいに梱包していた。ポートフォリオをカウンターにおいてまた驚かれた。

「あなたは百科事典でも作ったのですか」

みんな10ページそこそこなのに、アキラの作品ファイルは300ページ以上もある。美術学校もいったことのないオレがどうせ受かるわけはない。もしもまぐれで合格したら、神様がついているってことだ。エイズだって治してくれるはずだと、スプーキーが言っていた。

アメリカには入学式などというまどろっこしいものはなく、いきなり授業がはじまる。アキラは送られてきた学生証を受付に差し出した。

受付のおばちゃんはアキラの顔を一瞥し、「ヘイ、ミラクルボーイ」と笑った。

胸をときめかせながらイーゼルにスケッチブックをすえ、木炭を紙ヤスリで尖らせる。いかにも堅物そうな教師が入ってくる。50代の精悍な中年教師だ。

「選ばれし者たちよ、入学おめでとう。わたしは主任教授のザビエルだ。ただしこの学校はきびしいぞ。週5日間、9時から17時まで密度の濃い授業がつまっている。3回無断欠席したら即刻退学だからな」

グラマラスな女性モデルが入場し、クラシックな椅子に座った。

「この椅子は人間の職人《カーペンター》がつくった。このモデルやわたしたちは神という大いなる職人《ビッグ・カーペンター》が創ったのだ。肉体のすべてを神の贈り物として尊重するんだぞ」

いっせいに生徒たちがスケッチブックに挑みかかる。アキラにとってははじめてのデッサンだ。やや面長の顔の位置を決めるために円をなぞる。うん、こんな感じかな。もうちょっと顎のラインが細いぞ。「ＯＫ、つぎのポーズ」ザビエルは旧式のストップウォッチを見ながら指示する。顔の丸を描いただけで、あっというまに3分が終わってしまう。となりのやつをちらっと見ると、みごとな流線が筋肉の流れをとらえている。「ＯＫ、つぎのポーズ」オレ以外はほとんど美術学校を卒業してきた者たちだ。またもや顔の丸だけで終わってしまう。「ＯＫ、つぎのポーズ」こんなんで本当についていけるのか？　見わたせば影までつけている者もいる。オレのスケッチブックは顔の円を描いただけでめくられていく。絶対なにかのまちがいだ。どこかで手続きが狂い、学生証が送られてきたことも考えられる。こんなエリート集団に自分が入れるわけはないじゃないか。「ＯＫ、つぎのポーズ」おっと、ザビエルがオレのうしろに立っている。にやにやしながら稚拙な円を見つめている。やばい、初日で首になっちゃう。聞き取れないほどのささやきが漏れた。

「アンディーじいさんも物好きだなあ」

アキラは教室を飛び出し、受付に走った。

「もう一度、合格者名簿を見せてほしいんです」

黒人のおばちゃんはめんどくさそうに書類を探る。タイプ打ちされた書面の20番目に「AKIRA SUGIYAMA」とたしかにある。

肩におかれた手にすくみあがった。ザビエルだった。

「授業中の脱走は無断欠席の半ポイントマイナスになるぞ」

「先生、オレって本当に合格したんですか」

「はっきりいって君の合格は奇跡だ。デッサンもやったことのない生徒なぞ、今までひとりもいなかった。大きな声じゃ言えないがな、おまえは裏口入学だ」

「えっ、だってオレ誰のコネもないし」

「世界一強力なパトロンだ。このニューヨークアカデミーには、美術学校卒業生が受験して20人だけが合格した。しかし1人が親の病気でキャンセルし、欠員は残りの480名のなかからくりあげ合格するはずだった。そこに君が百科事典みたいに分厚い作品写真を持ちこんだんだ。アンディーじいさんはそれを何時間も、それこそ穴のあくまで見ていた。そこで鶴の一声、こいつを入学させろ！」

「うわっ、マジですか」

「わたしたち教師はもちろん、校長のスチュアート・パイヴァーだって、アンディーじいさんには逆らえなかったよ。そこで美術学校さえ出ていない君の裏口入学が決まったわけだ」

ザビエルがポケットをまさぐり、金属の束を出した。

「ただな、このままでは4年間も美術学校で勉強したやつらには、永遠に追いつけない。確実に落第だ」

ザビエルはリングからひとつ平凡なキーを抜き出した。

「鍵が欲しいか」

アキラにはそれが象徴的な意味なのか、ジョークなのかわからなかった。

「正面玄関の鍵だ。これがあれば、4階の彫刻室で24時間デッサンを描きつづけることができる。ただし、デッサンに向上が見られなければ即退学してもらう」

アキラは、運命を2つに分かつ黄金のキーを握りしめた。

11

この子には死んでもらうしかない。

エッグは診察室の窓からレースのカーテンをとおして、黄色く枯れた冬の芝生を眺めた。

「人工中絶の条件は3つあります。1つは、妊娠の継続が母親の身体的、精神的健康を著しく損なう場合。2つ目は、生まれてくる子どもに重大な身体的、精神的欠陥が予測される場合。3つ目は、強姦、近親相姦、非合法な性交により妊娠した場合です。妊娠3ヵ月までは本人と医師の判断により中絶が許され、つぎの3ヵ月は女性の健康を保証するため州政府は中絶を規制することができ、最後の3ヵ月は中絶を禁止するというものです」

女医が事務的に説明する。

「あなたの場合は条件をじゅうぶんに満たしています」

道徳や倫理を説教されないだけましというもんだ。

「ただひとつ、人工中絶をしようとする女性には法律的な義務があるんです。今から超音波ドップラー法による胎児の心音を聞かせます。人工中絶は24時間以降に決心してください」

診察台ではなく、家庭にあるようなダブルベッドに寝かされ、下腹部に冷たいゼリーがぬられた。女医が手に持った探触子《プローブ》で胎児の心臓を探りあてる。

目を閉じると、遠くから足音のようなものが聞こえる。

お願い、こないで。

わたしは、
あんたの父親である強姦者たちを、
人間の欲望を、
その落とし子であるあんた自身を憎んでいる。

マムと同じように、あんたを虐待してしまうかもしれない。

心音は力強い速足で近づいてくる。

あんたにはなんの罪もない。

それでも、このしょうもない世の中に本当に生まれたいの。

こないで、こないで、こないで。

「わたしはあんたを愛せないのよう！」

エッグはやにわに起きあがると、靴もはかず、診察室のドアから飛び出した。待合室まで追いかけてきた女医に手首をつかまれる。ひきつれる皮膚にからみつく人間の体温を振り払った。

「こないで！」

義父の殺人現場から逃走するよりも動転している。

一瞬の死よりも、連続する生を、受け入れるほうがむずかしかった。

エッグは路上で誰も追ってこないのを確認し、銀色の消火栓にもたれて腹を押さえた。

「わたしはマムのようになりたくないのよ！」

エッグは義父の葬式にもいかなかったし、母とも一生会うまいと思っていた。しかし自分が母親になろうとしたとき、浮かんできたのは自分の母親だったのだ。


エッグはなつかしい階段のまえで躊躇していた。

母への恐怖を必死でぬぐいながら、ひざを持ちあげる。

父が生きていたころの聖母のような母と、義父と結婚してからの悪魔のような母の顔が1段上るごとに交錯する。

会いたい、会いたくない。

麻薬界の大物の死は新聞でも報じられ、葬式は盛大におこなわれたという。

目の前で夫が射殺され、血の海に沈んだのだ。

会いたい、会いたくない、会いたい、会いたくない。

もし犯人が腹を痛めた娘だったら、マムは発狂していたにちがいない。

わたしはなんて惨いことをしようとしていたんだろう。

会いたい、会いたくない、会いたい、会いたくない、会いたい！

気がつけば、最上段まで昇りつめていた。

厳重な鍵が6個もついた鉄の扉を戸惑いながらもノックする。

「誰だい？」

聞きとれぬほどか細い声が応えた。

ドアのロックは開いていた。

むりやりかさぶたを引き剥がすような嫌悪感に立ち眩む。

薄暗いベッドルームの奥には人影がいた。

それは、聖母でもなく、悪魔でもなく、母だった。

憎もうが、怨もうが、エッグにとって世界でたったひとりの母だった。

その母を自分は殺そうとしていたなんて。身代わりになって救ってくれたホアンを思うと、胸のひび割れが軋んだ。もしかしてこの痛みが愛なのか。愛は絶えがたい陣痛をくぐってしか生まれないのか。

少なくともマムは痛みを耐えて、わたしをこの世に産み落としてくれた。

「……アイヴォンよ」

編み棒がカランと床に転がる。

伸びはじめたエッグのショートヘアをじいっと見つめ、ゆっくりと視線を下ろしていく。つま先から頭を何度も往復し、カチッと鍵が嵌まるように目が合った。

家出の理由も、義父との過去も、母との葛藤も、何も話す必要がなかった。この一言があれば。

「おかえり」

神様が勝手に涙腺の蛇口をひねった。

貧しいプエルトリコ移民の家に生まれ、幼いころから病気の両親を裁縫仕事で支え、反対を押しきってユダヤ人の夫と結婚し、わたしをいたわってくれたマム。しかし最愛の夫は娘のぬいぐるみを取りにいき、焼死するのだ。

　マムだって辛かった。

　ダディーを失った寂しさをどこへぶつけていいかわからなかったんだ。

　わたしが受けた虐待なんて、マムの哀しみに比べればたいしたことはないのかもしれない。そう思うと、長年抑えこんできた愛情が憎しみの堤防を決壊させていく。

「アイヴォン、わたしのアイヴォン」

　揺り椅子から立ちあがったマムが幼児のようなよちよち歩きで近づいてくる。

「許しておくれよう、悪いマムを許しておくれ」

　エッグを抱きしめようとした腕はゆるゆるとほどけ、骨張ったひざで床を打ち、足元にひれ伏した。

　エッグはひざまずいて、なつかしいマムの手をさすった。

　冷たく干からびた皮膚をとおして、不器用な愛情が伝わってくる。

「ねえマム、わたしが産まれたときのこと覚えてる？」

　マムは一瞬遠くを見つめ、微笑ながらエッグを見た。

「そうだねえ、昨日のことのように覚えてるよ」

「教えて、教えて、いつかわたしが母親になるときのために知りたいの」

　エッグは幼児が甘えるようにせがむと、母のお腹に頭をもたせかけた。

「あ、ああ、話してあげるよ」

　長い間我が子とふつうの会話を交わしていない母は、記憶の遺跡から一言一言を掘り起こすように語りかけた。

「あれは暑い暑い8月だったねえ。あんたの父、ジャコブはいつわたしに陣痛がきてもいいように3日間砂糖工場を休んでくれていたのさ。ところが土曜日の夜中すぎに突然強い陣痛が襲ってきた。病院も開いてないからわたしたちは覚悟を決めたよ。ふたりで赤ん坊を取りあげようってね」

ペイズリー柄のカーテンから射しこむ西日がマムの顔に母性的な気高さを与えている。

「それって無謀、いや、すごい勇気ね」

はじめて聞く自分の誕生秘話にエッグが目を輝かせる。

「うふっ、そりゃあ駆け落ちまでしたふたりだもの。あの頃のわたしたちは、若く、貧しく、怖いもんなんてなにもなかった」

母の頬にわずかな赤みがさしたように見えた。

「もう男のジャコブのほうが張り切っちゃって、ふとんの上にビニールのゴミ袋を何枚も敷き、その上にバスタオルを敷き、家中の鍋にお湯を張って待ちかまえていたの。陣痛は寄せては返す波のように間隔を狭めてやってくる。波に合わせて腰を揺らしたり、立ったり、四つん這いになったりしながら、赤ちゃんと呼吸を合わせていくの。体の奥から強烈ないきみが突きあげてきたわ。赤ちゃんが旋回しながら下ってきて、出口を大きく押し広げるのがわかった。わたしは野獣のような雄叫びをあげる。うおぉぉぉぉーってね」

こんな風に楽しく話す母をもう何年も見たことがなかった。

「で、で、産んでるマムはどんなことを考えていたの」

「考えるなんてとんでもない、感じるのよ。もう出産の瞬間は、頭が真っ白に発光して宇宙と一体になるような感覚だわ。そこにはもうわたしも、赤ちゃんも、ジャコブもいなくて、ただひたすら愛が満ちあふれて、とてつもない幸福に抱きしめられるような感じだった」

エッグはうっとりとしながらその情景を思い描いていた。

「ジャコブがぬるぬるとした赤ちゃんをしっかり受け止め、首に巻かれたへその緒をやさしくはずしてあげた。それからわたしのお腹の上に赤ちゃんをうつ伏せにおいたの。するとどうでしょう、小枝みたいな細い腕を震わせながら登ってくるのよ。自分のでっかい頭さえ持ちあげられない赤ちゃんが自分の力だけでよじ登ろうとしてる。なんだかそれがとても神聖な行為のように思えて手出しできなかったわ。わずか30センチを登るのに1時間くらいかかったのかもしれない」

エッグは手に汗握りながらつぶやいた。

「なんだか自分のことじゃないみたい。で、で、どうなったの」

「ふふ、あんたはしわくちゃの顔をこすりつけながら鼻先で乳首を確認すると、パクッてくわえたの！」

「うわー、誰も教えてないのに！」

「そう、人は誰しも命の力をもって生まれてくるのね」

エッグは少女のような目で真っ直ぐに母を見た。

「わたし、愛されていた？」

母は言葉の代わりにエッグを胸にうずめる。エッグは鼻先で乳首を探りあてながら口をもっていった。

マムを許すこと、それはとりもなおさず自分を許すことだった。

12

もう一度ダディーに会って、赤ちゃんのことを相談したい。

でも死者に会うことは不可能だ。

待てよ、ひとつだけ方法がある！

サウスダコタにむかうグレイハウンドバスからなつかしい大平原《グレートプレーンズ》が見わたせる。遠い稜線沿いに溶け残った雪が煌めき、小さな草花が春の息吹を伝えている。エッグは腰の痛みをやわらげるために伸びをした。子宮の上端がへそのあたりまでせりあがってきているので30時間もの長旅はこたえる。黄色い初乳がブラジャーの内側に乾いた染みをつくっているのがわかる。中絶が認定される妊娠6ヵ月まであと1週間しかない。気持ちばかりが焦って、どちらにも決断できない。

そんなとき、ふうっと浮かんだのが梟じじいの顔だった。

あいつは泥棒だけど、インディアンのあいだでは力のある呪術師《メディスンマン》として信頼されている。たとえ1本の藁でもいい、自分を導いてくれるものにすがれるならば。

ラピッドシティでタクシーに乗った。電話番号はおろか、住所さえわからない。あとは記憶と運だけが勝負だ。

マウント・ラッシュモア近辺にあるインディアン居留地をまわると、見覚えのある風景に出くわした。

「その大っきな杉を右に曲がって」

タクシーは雨でぬかるんだ泥道を旋回し、細い山道を登る。行き止まりに黄色いものが見えた。あれほど切実に追いかけたフォードの黄色いピックアップ・トラックだ。

遠くから心音のような太鼓が聞こえてくる。エッグはタクシーを降り、森へ入っていく。この奥で若者たちに強姦されそうになったのを梟じじいに助けられたのだ。人間の踏み固めた道をたどると小さな草原に出た。ティピと呼ばれるインディアンテントのまえにはアキラと一夜を過ごした穴があった。

ティピからひとりのインディアン女性が走り出てきた。赤い髪を3つ編みにして、白い七面鳥の羽が後頭部から突き出し、ビーズでびっしりと刺繍されたケープをまとっている。房飾りのついた鹿皮のスカートや派手なモカシンは、おみやげ屋で売ってるインディアン人形そっくりだ。近づいてみて驚いた。

「あっ、おばさん！」

「サリーって呼んで」

声を聞きつけて梟じじいが出てきた。よれよれのジーンズに「熊に注意」というTシャツの普段着だ。

「おう、卵ちゃんじゃないか！　なつかしいのう」

深いしわの刻まれた手で抱擁を受ける。

「サリーさんを弟子にとったの？」

「わしも、ちぃとまいっとるんだ。なにしろ格好が派手でなあ」梟じじいが耳打ちした。

「ちゃんと聞こえたわよ」

サリーが2人に割って入る。

「ジーンズやTシャツが先住民を堕落させたの。精霊の大地に生きるものは伝統的な祖先の生活にもどるべきです」

「はいはい、いちいち正解ごもっとも」さすがの梟じじいも形なしだ。

「ところで、わたしのハニーは元気？」

「サリーさん、スプーキーがエイズで入院したのよ」

「スプーキーって……わたしのウィリーが、本当にエイズだったのね！」

サリーは真っ青になって駆け出した。

「おいおい、どこへいくんだ。まだ儀式の準備が……」

「それどころじゃないわ、病院で検査しなくちゃ。わたしウィリーとやっちゃったのよ」

サリーはあわてふためきながら林のなかへ消えていった。

「やれやれ、あいつにも困ったもんだ。あれから夫と離婚して、このティピに住みつきやがった。これを見てくれ」

木の串でかがった入り口からのぞくと、牛皮の敷物の上にインディアン関係の写真集や本がどっと積みあげられ、太鼓や盾や毛布など、あらゆるインディアングッズにあふれている。入り口の覆いをかぶせて梟じじいがふりかえった。

「おまえさんには借りがあるが、さすがのわしにもエイズは治せんよ」

梟じじいは丸太に腰をおろし、革袋から出した刻みタバコを油紙で巻きはじめる。

「いいえ、そのことじゃありません」エッグはうつむいたまま呻吟していたが、やにわに幼い顔をあげた。

「わたし……妊娠したんです」

梟じじいは驚いた様子もなく、ゆうゆうと煙を吐き出した。

「ほおう、そりゃあめでたいじゃないか」

「わたしまだ16歳だし、母親になる自信なんかありません」

「ラコタ族にとっちゃ出産適齢期だよ。昔は初潮とともに結婚したもんじゃ。まあ、おまえさんにもいろいろと事情があろう。今夜の儀式で祖先たちに訊いてみるとよい」

梟じじいがアーミーザックのなかから野球のボールほどもあるサボテンを取り出した。

「この幻覚サボテン《ペヨーテ》を使ってな」


日が沈みはじめるころ儀式の参加者たちが集まってきた。

梟じじい、息子の「盗むヤマアラシ」、病院からもどったサリー、エッグの見知らぬ近隣のインディアンたちがいる。司祭《ロードマン》である梟じじいのあとについて時計回りにティピを1周し、なかへ入るときにこう唱える。

「ホウッ、ミタクオヤシン」

サリーがその意味を教えてくれる。

「わたしとつながるすべてのもの《All my relations》へっていう意味よ。インディアンは、太陽も木も花も鳥も動物もみんな母なる大地から生まれた自分たちの兄弟だと信じているわ」

ティピの中心にある焚き火を8人ほどの人間が丸く取り巻き、クッションの上に腰をおろす。

エッグはみんなに気づかれぬよう、火からあとずさった。これから夜明けまで火を見つめながら過ごす拷問に耐えられるかしら。

乾燥したトウモロコシの粒をつめた皮のマラカスとインディアン毛布をサリーが貸してくれた。

イーグルの羽飾りと鹿皮にビーズ刺繍で正装した梟じじいは物静かな威厳をたたえていた。これが酔っぱらいの強盗だなんて信じられない。

トウモロコシの葉で巻いたタバコがまわってくる。エッグは吸ったふりをしてとなりの人にまわした。見あげれば、煤で黒くなったティピの天井の隙間から小さな星が瞬いている。

砂で作られた三日月型の祭壇のまえで梟じじいが話しはじめた。

「今宵、聖なる炎に集いし者たちよ、ペヨーテの精霊に導かれ、深遠なる世界を旅する者たちよ、どのような苦難が襲いかかろうとも恐れることはない。それは偉大なる精霊《グレートスピリット》が気づきのために課した試練だからだ」。

梟じじいが激しく太鼓をたたきはじめた。山羊の皮で張られ、中には水が入っているようだ。みんなのマラカスがスコールのごとく降りそそぐ。

「ヘイ、ヘイ、ヘイ、ウィチ、ヘイ、ホー、ホー、ホー」

スライスされた幻覚サボテンがまわってくる。表皮が乾燥し、縮こまっている。手のひらいっぱいにつかみ、咀嚼しきれないまま飲みこむ。痺れるような苦味が喉の奥に広がっていき、吐き気を必死でこらえた。

「ヘイ、ヘイ、ヘイ、ウィチ、ヘイ、ホー、ホー、ホー」

蝉時雨のような耳鳴りが高まり、極彩色の幾何学模様が明滅する。焚き火の炎が不気味に呼吸しはじめた。黒い影が踊っている、なかに火炎龍《サラマンドラ》でも潜んでいるのだろうか。あっ、火が燃え広がっていく。このままではテントのなかにいる全員が焼け死んでしまう。胃のなかで異物が蠢いた。噴門を爬虫類のような頭がこじ開け、胸部食道の内壁に爪をかけて登ってくる。気管が圧迫され、声帯襞が振動できず、叫ぼうにも声が出ない。全身が炎に包まれ、テントが、森が、世界が、焼け落ちる。グウェッ、グウェッ、舌の根に爪がかかり、胃液にまみれた体毛が口腔をこする。嘔吐された黒い影が床に潰れ、炎のなかに立ちあがる。モーゼだ。グウェッ、グウェッ、と苦しげにうめきながら、まわりの炎を呑みこんでいく。火を呑みこむたび、喉頭を震わせ巨大化していく。黒焦げの皮膚に裂け目が入り、藁が飛び出す。炎の海が見る間に静まり、モーゼの腹が膨らむ。アクリル繊維がぶちぎれ、ガラス玉の眼が砕け散った。エッグはまぶたに貼りついたガラスの破片を中指でこそげ落とす。すると目の前に立っていたのは5歳のときに死に別れた父親だった。

「ダディー、ダディーなのね」

世界でいちばん欲しかった胸に飛びこんだ。

ダディーの肉体に抱かれているというより、「存在」そのものに守られている安堵感だ。

ダディーの肉体を透かして炎が見えた。

「アイヴォン、なにも恐がらなくていいよ」

ダディーがわたしを抱きしめると、お腹のあたりが温かくなった。

ダディーの火が移ったのだ。

「アイヴォン、あれをごらん」

ダディーが夜空を指差した。

美しいミルキーウェイが天空を横切っている。

視界が限りなくズームアップされ、無数の星が一人ひとりの人間に見えてくる。

銀河は人魂の大河だった。

人々はお腹のあたりに火を宿していて、男女が抱き合うと女のへその下に小さな火が灯る。

自分の火を子から孫へと移し終えた者は岸辺にあがり、生きている者たちを見守っている。

「アイヴォン、生命の歴史は松明リレーのようなものだ。川のなかにいるときは辛いことや哀しいことのほうが多いだろう。でもこうして遠くから眺めればなんて美しい天の川じゃないか」

下半身がポッと発光した。

エッグ自身の火の下に、もうひとつ小さな火が灯っている。

「銀河に漕ぎ出していきなさい。人は誰かを無償で愛するときに輝くんだよ。アイヴォン、美しい銀河になりなさい」

朝焼けがはじまっていた。長い旅をともにした同志たちは時計回りにティピを出た。お互いが肩を抱き合いながら祝福を交わしている。

「おまえの探していたものは見つかったか」

梟じじいの武骨な手が小さな肩をつつんだ。

発光する卵を抱えこむように羊雲が黄金に染まっていく。

エッグは胎動に合わせ、生まれたての世界に目を瞠った。

「この小さな命を守ってみせるわ。マムやダディーがわたしにしたようにね」

13

スプーキーは時計を気にしている。

「エッグ、もう時間だから早く出ていったほうがいいわ。パパってくそ真面目だから必ず約束の時間よりまえにくるのよ」

「くそ真面目で悪かったな」

2人が息を呑んでふりかえった。妻を連れたキホーテ氏がおごそかに登場した。

「その節はご迷惑を……」

エッグが言いかけた刹那、キホーテ氏は車椅子でエッグに突進する。

「おまえ、こいつの腹からピストルを奪え、なにをぐずぐずしてる、早くしないか」

ミセス・キホーテはエッグの腹をゆっくりとさすり、うれしそうな笑い声をあげた。

「いいえあなた。これは立派な赤ちゃんですわ」

「なにい、尼僧がはらんだだとう」

キホーテ氏はばつが悪そうに咳払いした。

「まあかわいそうなウィリー、こんなに痩せちゃって。どうしてもっと早く知らせてくれなかったの」

「ごめんよママ、仕事が忙しくてね。それにパパの車を盗んだことを怒っているかと思って」

スプーキーは激しく咳きこんだ。

「馬鹿者、わしがそんなケツの穴のちっちゃい奴とでも思っとるのか。おまえが真っ当になるならあんなオンボロいくらでもくれてやるわ。そんなことより、早く肺炎を治して退院するんだ」

「ありがとうパパ、来月にでもシカゴに遊びにいくよ」

つぎの瞬間、唐突な叫び声が入り口から響いた。

「デッサンコンクールで優勝したぞ、スプーキー、神はいる。これでおまえのエイズも治るってもんだ」

表彰状をもって躍りこんできたアキラは、あわてて日本式のお辞儀をした。

「ミ、ミスター・キホーテ、おひさしぶりです。このたびわたくしは日系商社を辞職し、美術学校に通うことになりました」

キホーテ氏の目は虚空をさまよったままだ。

「なにい、エイズ《AIDS》だとう……。後天性《Acquired》……免疫《Immune》……不全《Deficiency》……症候群《Syndrome》」

気まずい沈黙を破るように、スプーキーが陽気に叫んだ。

「ねえねえアキラ、早く見せてえ」

スプーキーの唯一の楽しみは、驚くべき速度で上達していくアキラのデッサンを見ることだ。アキラは17時に授業が終わると、20時までスプーキーの病室で過ごし、深夜の彫刻室でたったひとりデッサンをつづけていた。

「やめといたほうがいいよ、今日のはちょっと特別なんだ」

「あたしの、生きがいを……奪うつもり」

スプーキーの咳は激しさを増し、言葉をつづけて言うことができなくなってきた。アキラはしぶしぶとスケッチブックを開き、ベッドの上にかざした。

「うわっ、すごい……迫力、でも、なに……これ」

やっぱりやめとくべきだった。アキラは猛反省する。

「死体だ」

「なにい、死体だとう」

キホーテ氏はつぎつぎに浴びせられる言葉のジャブにダウン寸前だ。

皮を剥がされ、三角錐の鉤からぶら下げられた死者が描かれている。クラス全員がゴム手袋を嵌め、筋肉をさわり、デッサンさせられた。ホルマリンに封印された死臭が解剖室に満ち、3人ほどが嘔吐した。

「解剖学の授業なんだ」

「素敵……だわ」

アキラは耳を疑った。

「どうせ、死んだら……体なんか、ゴミクズ、同然……に、なるのよ」

長い連続した咳が入る。

「皮をべりべり……剥がされたって痛くないし……若い、アーティスト……たちに、裸よりも、赤裸々な……ヌード作品に、してもらえるん……ですもの」

スプーキーが切実な目でアキラを見た。

「あたしを……描いて。あたしの、死に顔を、デッサンしてね。美人に、描いてくれなかったら……化けて、出るから」

「ハニー、間に合ってよかった」

サリーが大きなバックパックを背負って病室に飛びこんできた。スプーキーはぎょっとした顔で上半身を起こし、ベッドの上をあとずさる。

「あんた、あたしに……エイズを染されたんで……復讐にきたのね」

スプーキーは言葉のあいだに咳をするのではなく、咳の合間に言葉を振り絞る。

「いいえ、わたしの抗体検査は陰性だったわ」

「あんたに……襲われたとき、わたしは……エイズだなんて、ウソをついたの。きっと……神様の罰が当たったのね」

「罰だなんて」サリーがベッドのふちに腰をおろし、土気色になったスプーキーの頬に口づけた。

「誰だね、この美しいお嬢さんは」状況を把握できないキホーテ氏が訊ねる。

「サリーって呼んで、いえ、わたしはウィリアムの婚約者でサリヴァン・グリーンフィールドと申します」

「なにい、婚約者だとう」

キホーテ氏は心臓を押さえながら喘いだ。

スプーキーがあきらめたように微笑む。

「ああ、たしかにあんたは……あたしの生涯で……たったひとりの女よ」

「あなたの子どもは産めなかったけどね。あたしは不妊症を夫の母親に責められたり、子どもを持つ友人の無遠慮な言葉に傷つけられるたび、自分が安物のセルロイド人形のように感じられたわ。いろいろやってはみたのよ。排卵誘発剤や性腺刺激ホルモンなどの療法や、排卵日に夫の精子を注射器で注入する配偶者間人工授精《AIH》も無駄だった。だからエッグ、妊娠おめでとう！」

バックパックの中身はすべて赤ちゃん用品《マタニティーグッズ》だった。

「このトランシーバーをベビーベッドにおいておくと、洗い物をしながら話しかけたり、赤ちゃんの様子もわかるわ。ミトン手袋は赤ちゃんが自分の爪で肌を引っかくのを防ぐし、このパジャマは不可燃性繊維で織られてるの。哺乳瓶は使い捨てのライナーを使えば消毒もいらないし、瓶に液体クーラーを取りつけておけば出かけ先でも保冷できるわ」

ベビーシャワーといって臨月を迎えた母親にプレゼントを送る習慣があるが、30人分くらいの量がある。

「豚みたいに10頭とか産むわけじゃないんですから」

しんどそうにお腹を突き出しながらエッグが笑う。

「いいの、いいの、インディアンから学んだ与え尽くし《ギヴ・アウェイ》よ。あなたたちに出会えていろんなことを教えてもらったんだから」

サリーは自分が出産するかのようにはしゃいでる。

「そうそう、エッグのための入院セットも用意してきたわ。院内は意外に冷えるから厚手のソックスと毛布、それにバスローブも必要よ。陣痛を促すためにけっこう歩かされるんですって。唇が乾くからリップクリーム、背中をマッサージするためのゴルフボールでしょ、逆子だったら背中や腰がすごく痛むらしいの。授乳用のブラジャーと替えのパッドも3組用意したわ」

「わたしこんなふうに思うの」

エッグが母性に満ちた目を輝かせた。

「もし梟じいさんがいうように輪廻転生ってのがあるとすれば、この子はスプーキーの生まれ変わりじゃないかってね」

「あら……あたしもやる気満々よ……早いとここんなゲイのコスチューム……脱ぎ捨てて、ピカピカの……赤ちゃんに生まれ変わりたいわ」

数日まえに医師から伝えられた言葉を看護婦が申し訳なさそうにくりかえした。

「そろそろ人工呼吸器《レスピレーター》をつけますので」

口から送管チューブを挿入されるので、治療が済むまで会話ができなくなる。呼吸器のペースと闘ってしまうため、本人の呼吸を抑える筋弛緩薬を投与される。意識はあるが、体は動かない。起きあがったり、腕をあげることはできないが、目を閉じることはできるという。そこで「ＹＥＳ」「ＮＯ」のサインをアキラと決めた。

「ＹＥＳ」は両目を閉じる。

「ＮＯ」は片目を閉じるというものだ。

看護婦がテレビほどもある器械を押してきた。車のスピードメーターみたいのがついている。透明なチューブなどをのせたトレイやさまざまな器具が運び入れられる。

「ねえエッグ、産まれてくる子が……障害を、もっていたり。ゲイ……だったり、ジャンキーになっても……愛してあげてね」

エッグが臨月をひかえたお腹をさすり、大きくうなずいた。

「あたしの、パパやママ……みたいに」

ミセス・キホーテはハンカチで顔を覆い、キホーテ氏はうつむきながら必死で涙を隠していた。

「アキラ、あんたみたいな……クズが、社会と、対等に闘っていける武器は……創作以外に、ないわ。あんたは……創るために、生まれてきたのよ」

スプーキーはウィリアムズバーグ橋でつぶやいたセリフを思い出せたことに満足した。

アキラがサインどおり両目を閉じて「ＹＥＳ」と合図する。

スプーキーは最後の力を振り絞って嘯《うそぶ》いた。

「看護婦さん、もう……いいわ。さっさと……ファックしてちょうだい」

危篤の知らせを聞いてみんなが集まってくる。サウスダコタから梟じじいも駆けつけてくれた。

何も話せなくなったスプーキーは人生の最後で手に入れた安らぎを噛みしめている。実際、喉からは排液チューブが出ているし、あこがれのサイボーグだわ。口から入れた送管チューブでは肺まで距離が長すぎて無駄が多いし、痰を取るのにもじゃまになるので喉に穴を開けられた。人工呼吸器で肺のなかに直接酸素が送りこまれる。呼吸をするたび蒸気機関車みたいな音を立ててるんで、自分が恐竜にでもなった気がする。咳をするとプラスチックのチューブが喉にこすれて激痛が走る。

ジャンクを3グラムくらいドーンと撃ちこんでおさらばしたいもんだわ。

みんなだって看病に飽きるだろうし、あたし人を退屈させるのが嫌いなのよね。どうせいつかは死ぬんだし、未練なんかぜんぜんないもん。冗談抜きでさ、あたしくらい幸せな人生ってないんじゃない。

スプーキーは自分の唇が微笑みの形に歪むのがわかった。

だってアキラに出会えたんだもの。アキラに出会ってから毎日が冒険だった。明日のことなんか考える暇もなかったわ。なにより自分のことを考えなくていいって楽なのよね。

昔から自分が大嫌いだった。アルビノのゲイなんていじめられるために生まれてきたようなものよ。誰も彼もがあたしを見くだし、侮辱するんだもん。でもさ、アキラだけがちがったの。アキラだけがあたしを人間として扱ってくれたわ。こんなあたしでも生きてていいんだ、誰かの役に立つんだって、はじめて自分を好きになることができたのよねえ。

「……あたしはアキラのキャンバスになりたかったんだ」

スプーキーは遠ざかる意識のなかで、この言葉を見つけた。自分の存在理由を明瞭に表現する言葉に、最後の最後になって出会えたのだ。

でもさ、死んだらどうなっちゃうんだろう。

腕が痩せすぎて血管が見つからず、足首の静脈に持続点滴注射《IVD》が固定された。テープで肌がひきつれ、つねられたような痛みが走る。

ミケランジェロの天井画に出てくるプロレスラーみたいな神様にネックブリーカーされんのかな。あたしなんか絶対に地獄行きよね。沸騰した鉛を飲まされたり、ノコギリで引き裂かれたり、大釜で煮られたりするんだわ。

でもいちばん恐いのは、なあんもない虚無。

抽象的な死が薄絹のごとく魂をくるんでくる。

真っ白い闇に放り出され、自分ではなにもできず、なにも見えず、なにも話せず、なにも聞こえず、ひとりぼっちで泣きつづけるなんて。

「恐いか」

スプーキーの怯えた表情を察したのか、アキラがかがみこんできた。

「ＹＥＳ」と両目を閉じた。

厳粛に静まりかえった病室に梟じじいの祈りが響く。

「勇敢なる旅人よ、あなたは今母なる大地をはなれ、祖先たちの待つ国へ還る。そこはあなたがやってきたふるさとだ」

「だいじょうぶか」

アキラの質問にスプーキーは片目を痙攣させて「ＮＯ」と答えた。

２本のイーグルの羽がスプーキーの上にかざされる。

「恐れることはなにもない。白人のいう天国や地獄など存在しない。グレートスピリットに導かれ、まばゆいばかりに輝く光にむかって歩いてゆきなさい」

「聞こえるか」とアキラが訊ねると、スプーキーは力なく両目を閉じて答えた。

「精霊となるあなたには見えるだろう、この部屋に集う者たちが。あなたを慈愛をもって育てたご両親、あなたの親友アキラ、新しい命を宿したエッグ、美しいサリー、みんなみんな心からあなたを愛し、あなたを守ってきた。今度はあなたが彼らを守る番だ」

梟じじいの指示に従い、スプーキーのベッドを囲んでみんなが手をつないだ。

偉大なる精霊《グレートスピリット》よ
小さき者は祈ります
わたしはあなたの海から生まれ、
あなたの大地で泣き笑い、
あなたの空へと帰ります

わたしに力を貸してください
敵に打ち勝つためじゃなく
わたし自身に克つために
わたし自身を許すため

偉大なる精霊《グレートスピリット》よ
無知なる者は祈ります
わたしはあなたに見守られ
あなたの声に導かれ
あなたの胸で眠ります

わたしに知恵を与えてください
美しさのなかを歩んでゆけるよう
恥じることなく天国の門をくぐれるよう

偉大なる精霊《グレートスピリット》よ
名もなき者は祈ります
わたしたちはひとつの愛から生まれ

ひとつの愛に育まれ
ひとつの愛にもどってゆきます

わたしに希望を与えてください
わたしは不死の魂であり
生まれつづける命であり
わたしたちの絆は永遠に切れないと約束してください

「聖なる輪《メディスン・ホイール》をひとめぐりし、あなたはまた母なる大地へ産み落とされるだろう。生と死はめぐる環のなかのひとつの通過点にしかすぎないのだ。こうして命はめぐりつづける。わたしたちはあなたの死を嘆かない。祝福するのだ。必ずまた会える。何度も生まれ変わって出会いつづける。ホウッ、わたしとつながるすべてのもの《ミタクオヤシン》へ」

「わかったか、オレたちはまた出会えるんだぞ」

「YES」と閉じられたスプーキーの瞳は二度と開くことはなかった。

アキラは一心にスプーキーをデッサンした。今まででいちばん美しい微笑みだった。ぽっかりと口を開け、「WHY」を「オワア〜イ」と発音するときのおどけた表情だ。最後の最後まで笑わしてくれるサービス精神がやつらしい。

人工呼吸器のチューブがはずされ、喉元にぽっかり開いた穴が見える。「哀しみの洞窟」だ。そこからスプーキーの魂は抜け出し、病室の天井でオレたちを見おろしている気がする。

「あたし、スプーキーから手紙を預かってるの」

みんながいっせいにエッグを見た。

「こっ恥ずかしいから、あたしが死んだあとで開けてって言われてたんだ」

ミミズがもだえてるような文字にエッグはくすっと笑うと、スプーキーの声色をまねて読みはじめる。


やいやいてめえら、しけたツラしてんじゃないわよ。これでうるせえやつがいなくなったと思ったらおおまちがいよ。

この不自由な体から解放《リリース》されたあたしは、魔女みたいにどこでも飛んでいけるの。おまけに忍者みたいに分身の術もつかえるんだから。

あたしはストーカーのようにあなたたちにつきまとってやるわ。

あなたが泣いているとき、涙を乾かす風になる。

あなたが悩んでいるとき、微笑をさそう花になる。

あなたが寂しいとき、背中を温める太陽になる。


あなたと出会えなかったら、あたしはずっとひとりぼっちだった。孤独がいちばん怖かった。

でも今は、あたしって世界一の幸せ者だって心から思えるの。

だってあなたと出会えたんだから。

この世界はあなたと出会えたただそれだけで、生きるに値する。
あなたは世界一大切なあたしの宝物。
あたしはあなたといっしょに旅をして、いっしょに傷つき、いっしょに抱き合った。
きっとわたしはあなたの鏡であり、あなたはもうひとりのわたしだった。
これからもわたしはあなたを見守りつづける。
いつもいっしょだよ、
ずっとずっといっしょだよ。
今までありがとう。
100万回のファックをこめて。
わたしの魂の家族《ソウルメイト》へ

あなたの幽霊《スプーキー》より

14

デッサンが完成した。

アキラは遺体ではなく、天井にむかってスケッチブックを差しあげた。

「ほうら、おまえの最後の微笑みだ。美人に描けただろ」

「ウィリアム2世のお顔を拝みたかったけどなあ」

エッグはアキラの言葉に苦笑いした。ロサおばさんやサリー、それにマムもついているから出産には心配がない。でも「いっしょにいて」という言葉をやっとの思いで呑みこんだ。

「せっかく入った学校もやめたんでしょう」

ＪＦＫ空港にいく西４丁目の地下鉄の壁にアキラがサリーにもらったバックパックを立てかける。

「スプーキーに言われて確信したんだ。オレには創ることしかできない。ニューヨークアカデミーで古典絵画に目覚めたからには、やっぱ本場で修業しなくっちゃな。ヨーロッパで墓を掘りかえしてくるよ」

一度言い出したら誰もアキラを引き留めることはできない。

アキラがすうっと、ひざまずいた。もうすぐ臨月に入るわたしのお腹に耳を当てる。マタニティードレスのコットンをとおしてアキラのぬくもりが染みこんでくる。

「おっ、なんかもぞもぞしてるぞ。おいウィリアム王子、聞こえるか。あんまり母ちゃんに迷惑かけずに育てよ。オレたちみたくオイタばっかりしちゃだめだぞ」

唐突にアキラがひっくりかえされた亀のように倒れた。

「こいつ、けっ飛ばしやがったぞ。大きなお世話だって言うんだな」

スプーキーの葬式はなかなかの見物だった。シカゴ郊外にある閑静な教会にやってきたのは、ドラッグクイーンをはじめ、ゲイや男娼たちだ。キホーテ氏が卒倒しないかとびくびくしてた。

「アキラ、あんたに出会わなければ、もっと静かな人生を過ごせたのに。これからは平凡に子育てをしていくわ」

「あっはっは、平凡だって。いちばん危なっかしいおまえに言われてもなあ。子育てはじゅうぶん過激な闘いだよ」

「インチキ家族も解散ね」

「おまえはこれから本物の家族をもつじゃないか」

エッグはライカーズ島のスタンプが押された封筒を見せた。

「ライカーズって、刑務所からじゃないか」

「そう、プロポーズレターよ。……ホアンからの」

「なにっ！　ホアンって……お腹の子の父親、あいつなのか？　で、おまえ、やつが出所したら結婚すんのかよ」

「ううん、明日のことなんて神様だってわからないよ。あんただっていつかはいい人を見つけるかもしれないじゃない」

「ああ、オカマじゃないことを祈るよ」

エッグはお腹のウィリアムといっしょに笑った。

「オレは偽物が好きなんだ。本物なんて真実と同じくらい退屈だって誰かさんが言ってたなあ」

アキラがおでこに接吻してくれる。大げさな吸引音を立て、チュバッとはなれた。

「また会えるわよね」

エッグの言葉がすべりこんできたAトレインの轟音にかき消される。アキラが天真爛漫な笑顔で改札のバーを手前に引いてただ乗りする。

「ああ、梟じじいが言ったろ、死んでも生まれ変わっても……」

閉まりかけたドアにアキラがわざと顔をはさむ。

「オレたちはひとつだ《We are one》」

本書は、ＳＷＩＴＣＨ別冊『paperback』Vol.1〜Vol.4に掲載された作品に、新たな原稿を加え、大幅に訂正したものである。

寄せ書き

家に戻ったらケチャップが着いていた。

明日から屋久島なので、一気読みしちゃうくらいおもしろかった。ドライブ感がたまらないです。

……というか、一気読みしました。

ジェットコースターに乗ってるみたい。コニーアイランドみたいな遊園地に紛れこんだような、スリリングで、せつなくて、バカげてて、すごくいいです。

エッグの父親が火事で死ぬところとか、ところどころかなりぐっとくるシーンがあって、それが効いている。暴力シーンも私好みにエグくてすごくいいです。

肛門から頭を入れちゃう……って、話には聞いたことがあるけど、本当なんだ……。

エッグが子どもを産むことを決意するのも、私が女だからかもしれないけど泣けたなあ。

それから、外国人がよく描けているなあ…と、劇画タッチの外国人が妙なリアリティをもってる。映画を見てるような気分になる。人相が映像で見えてくる感じ。
こういう話は私は絶対に書けないなあ、とちょっと羨ましくなった。
で、内容的にまったく文句なく傑作だと思います。

2005年5月18日

田口ランディ

【著者紹介】

AKIRA（杉山　明）

1959年栃木県日光市に生まれる。

23歳から10年間、ニューヨーク、アテネ、フィレンツェ、マドリッドなどで絵画制作に打ち込み、アンディ・ウォーホルから奨学金を得る。

帰国してから多数の著書を出版し、
小説『COTTON 100%』がＮＨＫ「日本の100冊」に選ばれる。

100カ国以上を旅し、現在は日本で最も多くライブに呼ばれるミュージシャンとして活躍中。
3.11被災地をはじめ、障害者、高齢者、小・中・高等学校、幼稚園までさまざまな施設で支援ライブにも力を入れている。
メキシコ先住民の毛糸絵画ネアリカを日本に広め、ライブとともにネアリカのワークショップも人気だ。

http://www.akiramania.com/

ケチャップ

2012年 8 月 5 日 初版

著　者　AKIRA《あきら》
発行者　株式会社 晶文社
東京都千代田区神田神保町1-11
電話 (03) 3518-4940 (代表)・4942 (編集)
URL http://www.shobunsha.co.jp

印　刷　株式会社堀内印刷所
製　本　ナショナル製本協同組合

ISBN978-4-7949-6784-8　Printed in Japan